Karin Rothe
Unter dem Tisch

AF285555

1

Der Puppenwagen

Frau Rüttner kam. „Sei schön artig", hatte meine Mutter vorher wie immer zu mir gesagt. Ich gab Frau Rüttner die Hand, machte einen Knicks und nahm meinen Platz unter dem Tisch auf dem Längsbalken ein. Ich guckte durch die Fransen der gehäkelten Tischdecke in den Raum und auf die Erwachsenen. Der Tischbalken war mein Platz, wenn Kundinnen zur Anprobe zu meiner Mutter kamen. Ich hörte zu, was erzählt wurde. Niemand schenkte mir dabei jemals Beachtung. Ich kannte alle Kundinnen und merkte auch den Unterschied, wie meine Mutter mit ihnen umging. Bei manchen hörte sie den Erzählungen der Frauen nur zu und sagte selbst kaum etwas, außer über das jeweilige Kleid, das sie schneidern sollte. Einige Kundinnen jedoch ließen nicht nur die Prozedur der Anprobe über sich ergehen, sondern setzten sich danach mit meiner Mutter zusammen an den kleinen Tisch am Fenster und redeten. Sie lasen Briefe von der Front vor, die sie gerade erhalten hatten, oder klagten, wie lange sie keinen bekommen hatten. Frau Rüttner redete von ihrer Tochter.

Abends, wenn ich im Bett lag und neben mir die Nähmaschine meiner Mutter surrte, dachte ich an den Puppenwagen, den weißen, aus Peddigrohr geflochtenen Puppenwagen mit dem hoch und runter klappbaren Verdeck. Ich träumte von ihm mit offenen Augen und schob ihn in Gedanken unsere Straße entlang, fuhr mit ihm den Bordstein hinunter und drückte auf die Lenkstange, um wieder den Bordstein hinauf zu kommen. Wie sehr wünschte ich mir diesen Wagen, genau diesen.

Manchmal ging meine Mutter auch zur Anprobe zu Frau Rüttner. Mich nahm sie mit. Den ganzen Weg entlang dachte ich nur an den Puppenwagen. An einigen Tagen hatte ich den Mut, meine

Mutter zu bitten, sie solle doch fragen, ob Frau Rüttner uns den Puppenwagen verkaufen würde. Ich merkte, dass meine Mutter in diesem Fall große Hemmungen hatte. „Der gehört doch ihrer Tochter", kam die Antwort. „Sie wird sich nicht davon trennen wollen." Eine große Tochter braucht doch keinen Puppenwagen, dachte ich, und außerdem ist sie in einem Heim. Trotzdem verstand ich ein bisschen die Bedenken meiner Mutter. Meine Sehnsucht nach dem Puppenwagen wuchs und wuchs, ich konnte kaum mehr an etwas anderes denken. Als wir wieder auf dem Weg in Frau Rüttners Wohnung waren, sagte meine Mutter: „Heute frage ich." Sie wünschte sich für mich auch den Puppenwagen. Es war Krieg, und schon lange gab es kein wertvolles Spielzeug mehr zu kaufen.

Meine Mutter fragte, und Frau Rüttner führte uns in das Zimmer ihrer Tochter. Dort war alles so geblieben, die Möbel, das Spielzeug und alle persönlichen Gegenstände hatten ihren Platz behalten. Frau Rüttner zeigte auf den Puppenwagen, schüttelte den Kopf und weinte.

Einige Zeit später kam sie wieder zu uns, diesmal nicht zur Anprobe. Ich saß wieder unter dem Tisch. Frau Rüttner reichte meiner Mutter einen mit der Maschine geschrieben Brief. Beide Frauen weinten. Dann sprachen sie. Ich hörte, dass man die Tochter mit einer Spritze umgebracht hatte. Viele geisteskranke Menschen waren schon so getötet worden. In dem Brief stand als Todesursache: Lungenentzündung. Die Tochter ist 21 Jahre alt geworden. Von diesem Tag an habe ich mich geschämt, dass ich mir den Puppenwagen gewünscht hatte.

Zwiebeln

Am Ende der Häuserzeile, in der wir wohnten, befand sich ein kleiner Lebensmittelladen. Meine Mutter kaufte dort oft Kleinigkeiten ein, besonders Waren, die es nicht auf Lebensmittelmarken gab. Die Ladeninhaberin, eine kleine, dickliche Frau, war mit meiner Mutter auch privat etwas vertraut. Das merkte ich als kleines Kind, weil die beiden Frauen sich oftmals über Dinge unterhielten, die nichts mit Einkaufen zu tun hatten. Ich selbst ging manchmal allein in den Laden, um mir für zehn Pfennig ein Päckchen Brausepulver zu kaufen. Ich kannte die Krämersfrau also auch gut, obwohl sie mit mir oder den anderen Kindern nie sprach. Sie lächelte uns nur liebevoll an.

An dem einen Tag, der mir wie eingebrannt im Gedächtnis geblieben ist, standen in dem Laden drei junge Frauen. Sie trugen die abgerissene, vergraute Kleidung aller Zwangsarbeiterinnen. Diese Frauen kamen aus der Schraubenfabrik, die sich auf der gegenüberliegenden Straßenseite hinter den Häusern befand.

Beim Betreten des Ladens grüßte meine Mutter überhaupt nicht. Sonst, wenn keine anderen Kunden anwesend waren, sagte sie immer „Guten Tag" und bekam die gleiche Antwort. Ich kannte die Unterschiede des Grüßens. Waren Kunden im Geschäft, kam von beiden Seiten der Pflichtgruß „Heil Hitler". Mit welchen Worten sollte sie vor den Ohren dieser Frauen grüßen? Sie blieb stumm. Meine Mutter hielt mich fest an der Hand und drückte sich an die Wand. Was wir hörten, war gefährlich. Die Frauen bettelten um Zwiebeln. Zwiebeln gab es ohne Marken. Es ging nicht um das Geld, das die Frauen nicht besaßen, es ging um das Verbot und die Gefahr, die Gebote der Machthaber zu brechen. Der Hunger der drei Frauen und wohl auch das Verlangen nach etwas Frischem ließ sie alle Gefahr vergessen. Sie kannten meine Mutter nicht. Auch ich als Kind war eine Gefahr. Hätte ich doch davon jemandem erzählen können. Die Frauen flehten weiter um Zwiebeln, für jede nur eine, bitte. Die Krämersfrau traute uns nicht. Konnte man in dieser Zeit überhaupt jemandem trauen? Mir tat es so leid, dass wir gerade zu diesem Zeitpunkt in den Laden gekommen waren. Ich fühlte, ohne uns hätten die drei Frauen Zwiebeln in ihrer Kleidung verstecken können. Meine Mutter drückte wortlos meine Hand, wie sie es immer tat, wenn sie mich zu etwas auffordern wollte. Sie sagte aber keinen Ton. Beklommen gingen wir aus dem Laden hinaus, schweigend nach Hause. Ich hatte Schweigen schon begriffen, ich fragte und sagte nichts. Der Einkauf war verschoben worden.

Unsere Straße

Die Straße war für uns Kinder ein Paradies. Ich gehörte zu den zehn bis zwölf Kindern, die meisten von uns waren fünf bis sechs Jahre alt, die eine feste Spielgemeinschaft bildeten. Ein paar Kinder gingen schon in die Schule, sie gaben den Ton an. Wir spielten sehr intensiv zusammen, aber fast nur auf der Straße, ganz selten in einer der Wohnungen. Unser Spiel fing morgens an, wurde durch das Mittagessen unterbrochen und hörte erst auf, wenn der Laternenanzünder kam und die Straßenbeleuchtung aufflammte. Dann musste ich durch das schwach beleuchtete Treppenhaus bis in den dritten Stock nach oben laufen. Ich hatte panische Angst. Schon bei Tageslicht fürchtete ich mich vor den Bildern der bunten Glasscheiben. Ich konnte nicht erkennen, was sie darstellten und so fantasierte ich Gestalten in sie hinein. Das Funzellicht zauberte bedrohlich wirkende Schatten auf die Wände. Sie huschten mit mir die Treppe hinauf, sie griffen nach mir. Manchmal brachte mich ein großer Junge nach oben. Ich war ihm sehr dankbar.

Wir Kinder kannten viele Spiele, und allen gaben wir uns mit voller Inbrunst hin. Es waren Kreisspiele, Kieseln, Murmeln, das Mutter- und Kind-Spiel oder wir buddelten in den Sandbergen am Ende der Straße. Dort wurden von Polen neue Häuser gebaut. Ein Deutscher bewachte die Zwangsarbeiter und brüllte Befehle. Alles, was wir trieben, war äußerst spannend. Doch jedes Spiel wurde von uns sofort unterbrochen, wenn der Eiswagen kam. Er war weiß und aus Holz, ein einziges Pferd zog ihn und nur ein Mann gehörte dazu. Sobald er hinten am Wagen die beiden Flügeltüren öffnete, umlagerte eine ganze Horde Kinder den mürrischen Mann und seine begehrte Fracht. „Nicht hineinklettern!" sagte er jedes Mal, wenn er sich eine glitzernde quadratische Eissäule über die Schulter hievte, um sie in irgendeine Wohnung für den Eisschrank zu bringen. Natürlich kletterten einige größere Jungen doch hinein, um die dicksten abgeplatzten Eisbrocken zu ergattern. Wir kleineren Kinder mussten uns mit den Splittern vorne im Wagen begnügen. Das Eis war kalt und glatt und schmeckte nach nichts. Für uns hatte es einen herrlichen Geschmack, den Geschmack nach geklautem Eis. Wir lutschten mit Genuss und von unseren unterkühlten roten Händen tropfte das Wasser.

Auf der Straßenseite des Hauses, in dem wir wohnten, stand eine Wasserpumpe mit einem langen, zweifach gebogenen Schwengel. Sie war grün angestrichen, mit verschnörkelten Ornamenten verziert und bestand aus Gusseisen. Eigentlich war sie nur als Pferdetränke gedacht. Wir Kinder betrachteten sie aber ausschließlich als unsere Pumpe, ihr Wasser war unser Wasser. Ein Kind musste den Pumpenschwengel hoch und runter bewegen, wir anderen Kinder hingen der Reihe nach mit schief gehaltenem Kopf und zum Trichter geformten Mund unter dem stoßweise heraustretenden dicken Strahl. Das Wasser war sehr kalt und schmeckte unangenehm fad. Wenn ein Kutscher sein Pferdefuhrwerk auf die Pumpe zusteuerte, rannten wir Kinder ganz schnell vor ihm hin und tranken uns satt. Dann überließen wir gnädiger Weise dem Kutscher die Pumpe, damit er die Wassereimer für die Pferde, meistens waren es zwei vor einem Gespann, füllen und die Tiere tränken konnte. Die Pumpe war ein fester Bestandteil in unseren Spielen. Wir konnten aus ihr trinken, wir konnten uns unter dem dicken Strahl nass machen und wir konnten einen Bach entstehen und im Rinnstein fließen lassen. Kleine Holzstückchen oder Blätter wurden zu Booten. Welches Boot schwimmt schneller? Welches Boot wird mit dem Wasser in den Gulli gespült? Welches Boot bleibt auf der Fahrt oder auf einer Sprosse des Kanaldeckels hängen? Manchmal gab es Ärger, keins von uns Kindern wollte lange pumpen.

Am Anfang des Krieges gab es noch den dicken Schutzmann mit seinem steifen Helm, dem breiten Gürtel und dem Gummiknüppel. Er schritt stets in sich nie veränderndem Tempo würdig unsere Straße ab, drehte sich immer in gleicher Weise nach allen Seiten um und sah über uns Kinder hinweg. Er war für uns die absolute Respektsperson. Von den Eltern wurde er auch als bequeme Erziehungshilfe benutzt, als Buh-Mann. Kam er unsere Straße entlang, rannten wir von der Pumpe weg. Dann wussten wir, dass sie nicht für uns, sondern für die Zugpferde gebaut worden war.

Jedes Haus hatte ein Kellerfenster mit einer Rutsche nach innen. Außen bedeckten Holz- oder Eisenklappen die Öffnungen, die Kohlenklappen. Der Kohlenmann brachte mit seinem Pferdegespann die Kohlensäcke. Bevor er mit dem Abladen begann, fütterte er meist sein Pferd. Zuerst wurde es getränkt, dann bekam es den Hafersack umgehängt. Sich selbst stülpte der Kohlenmann einen Lederschutz, aus Kapuze und Rückenteil bestehend, über und hievte sich einen Kohlensack nach dem anderen über die Schulter. Er schüttete die Briketts aus den Säcken in die Kellerfenster hinein. Sie rutschten in den Kellergang. Der Empfänger der Kohlen musste dann stundenlang mit Eimern die Briketts in seinen Keller tragen und dort an einer Wand aufschichten. Die Straße blieb schmutzig mit dickem braunem Staub bedeckt zurück. Für uns Kinder begann jetzt die geliebte Schmiererei. Auf den Staub kleckerten wir Wasser, zogen Schuhe und Strümpfe aus und patschen in der braunen Brühe umher. Wir drückten auch unsere Hände hinein und stempelten unsere Abdrücke an die Häuserwände. Manchmal bekamen wir von vorbeigehenden Passanten Schimpfe.

Doch dieses Spiel hörte bald auf. Alle Kellerfenster, auch die Kohlenklappen wurden mit Betonklötzen zugestellt. Drei oder vier an den Enden abgerundete Betonsäulen wurden vor jedem Fenster waagerecht aufeinander geschichtet. Sie sollten bei Bombenangriffen die Menschen in den Kellern vor Splittern und vor den Druckwellen der explodierenden Bomben schützen. Für uns Kinder wurde dieser Kellerfensterschutz zu Sitzplätzen. Es war nur so verdammt schwer, dort hochzukommen. Die Blöcke waren höher als wir groß waren und der Beton hatte scharfe Spitzen. Wir schürften uns oft die Knie oder die Schenkel auf. Das tat weh und blutete.

Bald kam noch ein Spiel hinzu. Wir sammelten Bombensplitter. Zu dieser Zeit gab es nur nachts Angriffe. In unserer Straße wurde kein Haus getroffen, auch später nicht. Wir suchten die Splitter in benachbarten Straßen. Das entsetzte meine Mutter. Sie redete ernsthaft mit mir, ich solle mich nicht aus der benannten

Abgrenzung fortbewegen. Die Abgrenzung ging rechts bis zu den Rohbauten, links bis zum schwarzen Platz, einem Freiraum zwischen der Häuserzeile und der angrenzenden Villa mit ihrem Garten und dem weißen Holzzaun. Den Namen hatte dieses Stück Erde von uns Kindern bekommen, weil der Boden schwarz war. An den Rändern wuchsen Gras und Unkraut. Dort spielten wir auf Decken mit unseren Puppen, sonnten uns oder beobachteten durch die Lücken in der Hecke und durch die Sprossen des eleganten weißen Holzzaunes das Treiben im Garten der Villa. Über dieses Anwesen redeten die Erwachsenen nicht, sie taten so, als ob es gar nicht vorhanden wäre. Wir Kinder sahen von unseren Beobachtungsplätzen aus auf die braunen und schwarzen Uniformen und auf junge Damen mit hochgesteckten Haaren und luftigen Sommerkleidern. Die ehemaligen Besitzer dieser Villa gab es nicht mehr. Meine Mutter hatte sie nur vom Sehen gekannt, sie waren vornehm gewesen. Wenn ich ihr von dem Treiben hinter dem Zaun erzählte, warf sie nur den Kopf nach hinten und reagierte nicht. Manchmal verließ sie den Raum. Weitere Ängste beherrschten meine Mutter, sie schärfte mir immer wieder ein, mit niemandem, vor allen Dingen nicht mit Männern, mitzugehen. Nie! Ich versprach es, machte jedoch eine Einschränkung. „Mit einem Mann gehe ich mit, der hat eine so schöne Uniform. Der Mann ist lieb. Ich bringe ihn manchmal bis zum Ende der Straße. Ich hole ihn auch ab. Ich weiß, wann er nach Hause kommt." Meine Mutter war entsetzt. „Wer ist das? Du musst ihn mir zeigen!" Das war leicht. Der Mann wohnte genau unserem Haus gegenüber und trug eine braune Uniform und glänzende schwarze Stiefel. Von unserer Wohnung aus konnte man ihn sehen, wenn er aus dem Haus kam. Eines Tages saß ich mit meiner Mutter auf dem Balkon, ich zeigte ihr den Mann. Meine Mutter sagte nichts. Was sollte sie jetzt sagen? Dieser SA-Mann war in der Straße als fanatischer Parteigenosse gefürchtet. Ich bekam keine Antwort und war irritiert. Durfte ich nun oder durfte ich nicht? Ich wusste es nicht und unterließ meine Begleitung. Einige Jahre später, der Krieg war vorbei und die Russen hatten nach den Amerikanern Magdeburg besetzt, fürchteten wir diesen Mann wieder. Er trug jetzt die Uniform eines russischen Offiziers und arbeitete auf der Kommandantur. Mehrmals fuhren am Tag Militärautos vor und einfache Soldaten brachten Pakete und andere Dinge in die Wohnung.

Unsere Steinhäuser

Vor den Rohbauten standen zu Quadern aufgeschichtet weiße Bausteine und lagen die großen Berge von feinem Sand. Wenn die Polen nicht da waren, nahmen wir Kinder die Baustelle in Besitz. Eigentlich war es uns verboten. Aus den Steinen bauten wir uns Häuser. Reihe um Reihe schichteten wir sie zu Wänden auf, ziemlich hoch, wir wollten doch darin stehen können. Unsere Häuser hatten mindesten zwei Räume. Aus Brettern und Steinen bauten wir Tische und Stühle. Ein Dach bekamen wir nie nicht richtig hin, das Bauholz war meist zu kurz und die von uns darauf gelegten Steine fielen immer wieder herunter. Zum Glück, wir hätten von einem vollständigen Dach erschlagen werden können, auch von unseren wackligen Mauern. Meine Eltern erklärten mir immer und immer wieder, wie gefährlich unser Spiel mit den Steinen sei.

Wenn keine größeren Kinder auf der Straße waren, buddelten wir im Sand. Wir gruben tiefe Gänge in den Berg hinein, bohrten unsere Arme bis zur Achselhöhle in den feuchten Sand oder krabbelten den hohen Berg hinauf und rutschten auf dem Po hinunter. Der Sand verteilte sich über die ganze Straße. Wenn die Polen morgens mit einem Lastkraftwagen gebracht wurden, mussten sie zuerst unsere Steinhäuser, manchmal standen drei oder vier von ihnen vor den Rohbauten, abtragen und wieder zu kompakten Säulen aufschichten und den Sand auf den Haufen kehren. Die Polen sahen uns böse an, der deutsche Bewacher schimpfte auf uns. Die Polen waren dürre, graue Gestalten. Wir Kinder haben nicht verstanden, dass wir sie ständig in Schwierigkeiten gebracht hatten. Eines Tages wurde nicht mehr gebaut, wir sahen keinen einzigen Menschen mehr auf der Baustelle. Der Krieg fraß das noch einigermaßen normale Leben auf. Die Steine wurden täglich weniger. Sie wurden gestohlen, man brauchte sie ja auch nicht mehr für die Baustelle. Erst lange nach dem Krieg wurden die Häuser fertiggestellt.

Der Vorbeimarsch

An Sonntagen spielten wir Kinder nicht auf der Straße. Mit Sonntagskleidern ging das schlecht. Es war auch üblich, mit der ganzen Familie ins Grüne zu gehen. Man fuhr mit der Straßenbahn bis zu einer Endstation und suchte dann Ausflugslokale auf. Das war im ersten Kriegsjahr noch möglich, dann fehlten die Familienväter. Einer nach dem anderen wurde eingezogen und schon bald kamen Briefe von der Front, viele brachten die Todesnachricht. Schlimm war es auch, wenn kein Brief kam und die Frauen warteten. Wie oft habe ich Frauen andere Frauen fragen hören: „Haben Sie schon Nachricht?" Mit diesen Sorgen gedrückt fuhr man nicht mehr ins Grüne. Ohne Väter war der „Herrenkrug", die „Rote Hornspitze" oder die „Kreuzhorst" verweist. Das Grüne war in die Ferne gerückt, für uns Kinder nicht mehr existent. Wir blieben an den Sonntagen meist in den Wohnungen. Bei gutem Wetter machte ich auf dem Balkon Seifenblasen, spielte mit meinen zwei Schildkröt-Puppen, meiner

Gretel und meiner Bärbel, oder nähte aus Flicken für das Sandmännchen Kleidung. Manchmal, vielleicht auch ziemlich oft, langweilte ich mich. Mein Vater spielte nicht mit mir, obwohl er noch zu Hause war. Väter spielten zu dieser Zeit nicht mit ihren Kindern. Mein Vater hatte keinen Stellungsbefehl bekommen, weil er zu alt war. Er hörte jeden Frontbericht, alle Nachrichten, jede Propagandarede im Radio. Ich musste dann immer absolut still sein. Das hasste ich.

An solchen Sonntagen gab es ab und zu einen Höhepunkt für mich, das waren die Vorbeimärsche der Hitlerjungen, der BDM-Mädchen und der Pimpfe. Sie trugen schicke Uniformen. Besonders die kurzen braunen Jacken der Mädchen gefielen mir. Die großen Kinder da unten sahen so schön aus. Und sie marschierten im Gleichschritt zur Musik. Sie trugen Fahnen. Es war feierlich und noch schöner, als die Theaterstücke, die ich gesehen hatte. Ich war schon mehrfach im Theater gewesen. „Der kleine Muck" hatte mich am meisten beeindruckt. Und doch war da ein Unterschied, das merkte ich. Im Theater hatte ich Märchen gesehen und die waren nicht wahr, doch was ich dort unten auf der Straße sah, das geschah wirklich. Das waren Mädchen und Jungen wie ich, nur ein paar Jahre älter. Wie gemein, ich durfte noch nicht dabei sein. Aber das wollte ich, ich wollte auch so eine schöne Uniform haben. Meine Mutter stand neben mir und schaute ebenfalls zu. Ich fasste ihre Hand und sagte: „Mutti, wenn ich alt genug bin, melde mich dort an, ich will auch so eine Uniform anziehen." – „Nein, niemals!" Die Stimme meiner Mutter war schrill und laut. Ich habe später leider vergessen, meine Mutter zu fragen, ob sie sich der Gefahr mit ihrem „Nein, niemals!" bewusst gewesen sei. Wie leicht hätte ich den Kindern auf der Straße von meiner Enttäuschung erzählen können.

Es war auch gut, dass ich noch so klein war, denn es bestand schon ab 1939 ein Gesetz, das den Beitritt zur Hitlerjugend zur Pflicht machte. Meine Mutter hätte sich gar nicht wehren können.

Die Zeugenaussage

Eine meiner Freundinnen und ich befanden uns im Treppenhaus und waren auf dem Weg nach unten. Ich hatte sie zum Spielen abgeholt. Wir befanden uns auf dem letzten Treppenabsatz, als unten rechts die Tür aufging und eine Frau aus ihrer Wohnung gehen wollte. Sie stolperte über einen großen Berg ausgekochter Suppenknochen, die auf ihrem Fußabtreter lagen. Die Frau ging schimpfend zur gegenüberliegenden Tür und klingelte. Eine andere Frau öffnete. Jetzt ging ein Gekeife los und es kam zur Schlägerei. Beide Frauen schlugen und schubsten, zerrten an der Kittelschürze der anderen und schrien fürchterlich. Wir Mädchen standen verängstigt da und sahen zu. Die eine Frau schob die andere in Richtung der Treppe, die zum Keller führte, und stieß sie hinunter. Ob die Frau aus der linken Tür oder aus der rechten hinuntergestoßen worden war, konnten wir später nicht sagen, wir waren so erschrocken und verängstigt gewesen, dass wir beide in Panik auf die Straße hinaus gelaufen waren. Dicht an eine Hauswand gedrückt standen wir da und zitterten. Nach einiger Zeit kam ein Krankenwagen.

Wochen nach diesem Vorfall bekam die Mutter meiner Freundin eine Vorladung zum Gericht. Sie sollte mit ihrer Tochter und mit mir zu einem bestimmten Termin zur Zeugenaussage kommen.

Die Mutter brachte uns ins Gericht. Wir warteten auf dem Flur, wir saßen stumm an der Wand auf Stühlen, es roch nach Bohnerwachs. Ich wurde zuerst hineingerufen und zwar allein. Der Raum hatte hohe Zäune, die waren ganz dunkel. Ich verschwand hinter ihnen und konnte kaum über sie hinwegsehen. Ein Mann saß erhöht an einem Tisch. Mir wurde gezeigt, wo ich stehen sollte. Angst kroch in meinen Körper. Ich musste erzählen, was ich an dem Tag im Treppenhaus alles gesehen hatte. Ich erzählte und wurde ständig unwirsch unterbrochen. Der Mann fragte, wer die Knochen auf den Fußabtreter gelegt hätte. Ich sagte: „Ich glaube, dass die Frau auf der linken Seite das gemacht hat." Der Mann sprang auf, stützte sich mit beiden Fäusten auf den Tisch, so dass sein rotes Gesicht ganz nahe an meines herankam und brüllte: „Ich will nicht wissen, was du glaubst, ich will wissen, was du gesehen hast!" Ich war noch keine sechs Jahre alt.

Leuchtplaketten

Abends und nachts war es stockfinster auf den Straßen geworden. Die Gaslaternen wurden nicht mehr angezündet, die Fenster der Häuser und Geschäfte waren verdunkelt. Die Scheinwerfer der wenigen Autos, die überhaupt fuhren, hatten schmale Schlitze, aus denen ein dürftiges Licht schien. Damit die Passanten auf den Straßen sich nicht umrannten, bekamen die Erwachsenen Leuchtplaketten zugeteilt, jeder eine. Ich hatte keine. Kinder gingen an der Hand eines Erwachsenen und waren somit vor einem Zusammenstoß gesichert. Nie wieder habe ich so den Sternenhimmel bewundern können wie in dieser Zeit. Der lange Heimweg vom Haus meines Großvaters zu unserer Wohnung in der Innenstadt wurde so oft zu einem wunderschönen Erlebnis. An der Hand meiner Mutter fühlte ich mich sicher, meine Mutter empfand den Weg wohl nicht so gut. Wenn ich stehen blieb, um den Himmel zu bestaunen, drängte sie immer: „Komm, wir müssen von der

Straße runter, die Flieger können kommen." Ich fürchtete mich nur, wenn wir an einem Plakat „Der Kohlenklau" vorbeikamen. Die lange Hakennase, der große Kohlensack auf dem Buckel, der verschlagene Blick dieses dicken Diebes ließ mich erschauern. Im fahlen Licht der Sterne und des Mondes wirkte er lebendig, er bewegte sich.

Die Leuchtplaketten waren runde, in Blech gefasste phosphorisierende Pappscheiben mit einer kleinen Sicherheitsnadel auf der Rückseite. Man musste die Plakette unter die Glühbirne legen, um sie wieder aufzuladen. Das fand ich spannend. Oft rannte ich mit ihr in den dunklen Flur, um ihre Leuchtkraft zu prüfen. Und dann kam die große Überraschung. Mein liebster Spielfreund, wir beide waren übrigens davon überzeugt, dass wir später ganz bestimmt heiraten würden, besaß plötzlich drei große Platten dieser phosphorisierenden Pappe. Seine Mutter hatte sie irgendwoher besorgt. Das durfte niemand wissen.

Ich hatte noch nie mit Peter in dessen Wohnung gespielt, jetzt durfte ich. Seine Mutter wurde öfter von einem Mann in einem schwarzen Auto für etwa eine Stunde oder auch mehr abgeholt, deshalb war sie froh, wenn ihre Jungen, Peter hatte noch einen kleineren Bruder, Gesellschaft hatten. Sie legte uns die Pappen hin und zwei Scheren. War das ein Vergnügen! Wir schnitten Fratzen aus, banden Bänder daran und hängten unsere Kunstwerke überall im Zimmer auf. Waren wir damit fertig, verdunkelten wir das Zimmer und spielten Geisterstunde. Wir krochen unter Stühlen und dem Tisch umher, gaben schreckliche Laute von uns und waren außer Rand und Band. Der kleine Bruder weinte dabei oft oder verkroch sich in der Küche. Wir beachteten ihn nicht. Kam dann Peters Mutter nach Hause, durften wir noch eine Weile spielen. Die Pappen reichten für mehrere solcher

16

Nachmittage. Zu Hause erzählte ich nichts davon. Doch dann fand meine Mutter einen Schnipsel Pappe in meiner Jackentasche. Ich musste ihr alles erzählen, auch von dem Mann mit dem Auto. Damit war das Spiel vorbei. Ich durfte nicht mehr zu Peter in die Wohnung gehen. Meine Mutter schüttelte den Kopf über eine solche Frau und tuschelte mit meiner Schwester. Peters Vater war an der Front und schrieb regelmäßig. Ich begriff nichts. Natürlich spielten Peter und ich weiterhin gemeinsam auf der Straße, Peter kam auch zu uns in die Wohnung. Dagegen hatte meine Mutter nichts. Der Junge tat ihr leid, das sagte sie mehrmals. Peter und ich gingen auch nach wie vor am Sonntag in die Kindervorstellung ins Kino. Bevor der eigentliche Kinderfim begann, sahen wir Propagandafilme und Berichte von der Front. Auch vor Kinderprogrammen wurde die Wochenschau gezeigt. Wir fieberten mit und hofften, dass unsere Soldaten noch viel stärker als die Feinde werden würden. Deutschland sollte über alle bösen Menschen siegen und das ganz schnell. Ich träumte von Afrika. Wir hatten gesehen, wie deutsche Soldaten auf der Kühlerhaube ihres Fahrzeuges Spiegeleier brieten. Das wollte auch ich können. Doch in Deutschland schien die Sonne nicht so heiß und ein Ei hatte ich auch nicht.

Lehrer Berger

Lehrer Berger sah aus wie der Lehrer aus meinem Bilderbuch „Die Hasenschule", alt, groß und dick. Gütig ging er durch die Bankreihen, sah auf unsere beschriebenen Schiefertafeln, lobte, verbesserte und später, als wir schon in Hefte schrieben, machte er rote oder blaue Haken unter unsere Hausaufgaben. Rot bedeutete gut, blau schlecht. Ich bekam immer einen roten Haken und war sehr glücklich darüber. Lehrer Berger schimpfte nie, auch nicht, wenn er bei einem Kind tagtäglich den blauen Stift zücken musste. Er war die Güte in Person. Er sang mit uns, lehrte uns Gedichte, und auch die Zahlen wurden unsere Freunde. Ganz besonders liebte ich meine Fibel. Noch heute denke ich an die Geschichte mit der Hexe Kaukau oder an die Geschichte, in der stand, was eine Familie am 31. Dezember zum letzten Mal in diesem Jahr tat. Eine Mutter schmierte ihrer Tochter ein Brot. Ich fand es schrecklich, dass das Kind erst ein Jahr später wieder eine Leberwurststulle bekommen sollte.

Unser Lehrer war nicht nur gut, er verhielt sich auch außergewöhnlich. Die Pause war vorbei. Angetreten, immer zwei um zwei, waren wir vom Schulhof in den Klassenraum gekommen. Kaum dass wir saßen, meldete ich mich. Herr Berger fragte, was ich wolle. „Herr Berger, ich muss auf die Toilette", war meine Antwort. „Kind, die Pause war gerade eben, da hättest du gehen sollen. Setz dich wieder." Wenn wir sprachen, mussten wir immer aufstehen. Ich setzte mich wieder. Höchstens ein oder zwei Minuten später wiederholte sich der Vorgang. Ich musste wirklich dringend. In der Pause hatte ich es verspielt. Herr Berger blieb dabei, ich durfte nicht auf die Toilette gehen. Dann meldete ich mich zum dritten Mal, wieder die Verneinung. Kurz entschlossen trat ich in die Mitte des Ganges zwischen den Bankreihen, schlug meinen kurzen Rock hoch, zog meinen Schlüpfer herunter und machte eine Pfütze auf den Boden. So, meine Wäsche war nicht nass geworden, meine Bank auch nicht! Ich brachte meine Kleidung in Ordnung und setzte mich wieder. Lehrer Berger sagte kein Wort. Er ging aus dem Klassenraum und kam nach kurzer Zeit mit einem Eimer voll Wasser und einem Scheuerlappen wieder. Er bückte sich mit seinem dicken Bauch und wischte den Boden sauber.

An einem Morgen sagte Herr Berger zu uns: „Was ich euch jetzt sage, müsst ihr euch gut merken, ihr müsst immer daran denken!" Er nahm aus seiner Tasche einen gelben Stern aus Buntpapier und hielt ihn in die Luft. „Wenn ihr Menschen seht, die einen solchen Stern an ihrer Kleidung tragen, dann lauft so schnell ihr könnt vor ihnen weg. Wenn sie euch erwischen, schneiden sie euch die Nasen und die Ohren ab."

Auf dem Nachhauseweg bummelte ich nicht mehr. Ich hielt Ausschau nach gelben Sternen. Zu Hause erzählte ich angsterfüllt meiner Mutter, was Herr Berger uns gesagt hatte. Meine Mutter fasste mich bei den Schultern, drückte mich ein Stück von sich weg und sah mir ins Gesicht. „Das hat Herr Berger gesagt?" fragte sie entsetzt. Weiter sagte sie nichts. Sie durfte es nicht.

Fast zwei Jahrzehnte später bekam ich, nun selbst Lehrerin, vom Schulleiter der Zentralschule in Stralsund den Befehl, dass ich meiner Klasse zu erklären hätte, dass die Wahlen in unserer DDR frei, geheim und demokratisch seien. Ich hatte erst vor kurzem mein Examen gemacht. Wurde die Ausführung des Befehls kontrolliert? Ich vermutete es. Meine Schüler waren zehn Jahre alt, ich war Klassenlehrerin der fünften Klasse. Wie mir befohlen worden war, sagte ich: „Ich soll euch mitteilen, dass die Wahlen in der DDR frei, geheim und demokratisch sind." Am nächsten Morgen steht ein kleiner Junge auf, kommt nach vorne, stellt sich mit den Händen in den Hosentaschen und breitbeinig vor mich hin und sagt: „Mein Vati hat gesagt, die Wahlen in der DDR sind nicht frei und nicht geheim und demokratisch schon gar nicht." Ich durfte nichts sagen, ich durfte auch nicht lachen, ich stand wie versteinert und dachte an Lehrer Berger. War es ihm wie mir er-gangen? Ganz bestimmt nicht, denn sonst hätte er nichts von

Nasen- und Ohrenabschneiden gesagt, der ach so gütige Herr
Berger.

Die Hochzeit

Meine Mutter schwitzte und hatte einen hochroten Kopf. Die
Braut schwitzte auch, sie war mit dem Kleid nicht zufrieden. Sie
hatte es schon mehrfach umändern lassen und sah immer wieder
in die Modezeitschrift. Dort sah das Brautkleid, elegant fließend,
traumhaft aus. Die Braut war so dick wie ein eintüriger Kleiderschrank und jedes Kleid verlor an ihr den Chic. Meine Mutter tat
mir leid, sie trennte das Kleid auf, nähte neu und beschwichtigte
die junge Frau. Ich saß wie sonst auch auf meinem Stammplatz
unter dem Tisch und sah dem Geschehen zu. Ich hörte auch immer wieder die Erzählungen über den Bräutigam. Hoffentlich
bekam er zur Hochzeit Heimaturlaub und es musste keine Fern-
trauung werden. Die Braut hoffte es so sehr. Und ich hoffte es
auch, war ich doch als Blumenmädchen auserkoren. Die Braut
war die beste Freundin meiner Schwester. Meine Schwester war
achtzehn Jahre älter als ich und die Braut noch ein paar Jahre
mehr. Ich war noch nie auf einer Hochzeit gewesen.

Es sollte eine große Feier werden. Man konnte es sich leisten.
Der Vater der Braut besaß eine Druckerei. Er war Tscheche, die
Mutter Deutsche. Meine Schwester war nicht zu der Hochzeit
eingeladen, sie passte nicht gut zu den Kreisen einer
Druckereifamilie.

Ein paar Tage vor der Hochzeit sollte ich die zwei anderen
Blumenkinder kennen lernen. Es waren Geschwister, ein Junge
und ein Mädchen. Man brachte mich in die Wohnung dieser

20

Familie. Im Flur hing ein riesengroßer Wandteppich, er war dicht an dicht mit Naziabzeichen besteckt. So etwas hatte ich noch nie gesehen.

Ich freute mich auf das Fest. Das Brautkleid aus weißer reiner Seide und mit viel Spitze verziert war fertig. Es wurde von einem Boten abgeholt. Und mein hellblaues Kleid aus Crêpe Georgette hing auch schon fertig im Schrank. Ich sah es mir jeden Tag an. Es war ein sehr kurzes Kleidchen und reichte gerade über den Po und hatte als Verschluss auf jeder Schulter eine Schleife. Auf diese war ich besonders stolz. Ein rosa Blumenkränzchen als Kopfschmuck lag auch bereit. Die Braut hatte ihn mir gebracht. Auf Bezugsschein hatte ich weiße Halbschuhe bekommen.

Dann war es soweit. Der Bräutigam war von Frankreich gekommen und trug seine Galauniform. Wir Blumenkinder durften in der weißen Hochzeitskutsche mitfahren. Es wurde nicht in einer Kirche geheiratet. Vor dem Standesamt streuten wir Kinder unsere Blumen. Die Feier fand in einem großen Hotel statt und ich trank literweise Apfelsaft, bis der besorgte Kellner mir keinen mehr servierte.
Mein Kleid hing im Schrank, es war jetzt mein Sonntagskleid geworden. Der junge Ehemann war wieder nach Frankreich abgereist und die junge Frau wohnte allein in ihrer neuen Wohnung.
Die Hochzeit hatte im Sommer stattgefunden, in Herbstkleidung besuchte uns die junge Ehefrau. Ihr Gesicht war vom Weinen ganz verquollen. Ihren Vater hatte man in ein Konzentrationslager gebracht, die Firma war enteignet worden und ihr Mann hatte die Scheidung eingereicht.
Er wollte keinen inhaftierten tschechischen Schwiegervater haben.

Anhänger und anderes

Ich liebte die Anhänger, jedenfalls in den ersten Kriegsjahren, meine Mutter nicht. Jede Woche gab es neue und man trug sie an der Kleidung. Am liebsten waren mir das Puppengeschirr aus gebranntem Ton, kleine Kuchenformen oder Vasen. Es gab Gugelhupfformen oder rechteckige kleine Pfannen mit einem Loch in dem Griff. Durch das Loch war die dünne, aus zwei verschiedenfarbigen Fäden gedrehte Kordel gezogen. Sie schlang man um einen Knopf oder steckte sie mit einer Sicherheitsnadel fest. Man durfte den Anhänger eine Woche lang nicht verlieren, sonst musste man einen neuen kaufen. Ein Anhänger kostete eine Reichsmark. Meine Mutter bekam für ein Kleid acht Reichsmark Macherlohn.

Einige Monate lang gab es als Anhänger Miniaturbauwerke, Burgen, Festungsmauern, Stadttore, keine Kirchen. Diese Anhänger fand ich auch gut, konnte mit ihnen aber nichts Vernünftiges anfangen. Dann gab es Ansteckblumen, zuerst aus gewachstem Papier, dann nur noch aus Papier. Manchmal waren es kleine Sträußchen, die steckte ich in die kleinen Vasen. In meiner Puppenküche häuften sich die Kuchenformen und Vasen mit den Blumensträußen, ich besaß auch ein Keramikblumentöpfchen mit einer eingepflanzten Papierblume, auch ein Anhänger. Meine Mutter hatte also viel Geld für all das ausgegeben. Hinzu kamen noch die ständigen Sammelbüchsenaktionen auf der Straße und an der Wohnungstür. Man konnte ihnen nicht entrinnen. Meine Mutter achtete immer darauf, dass sie genügend Kleingeld bereithielt. Nichts zu geben war sehr gefährlich. Es hatte auch keinen Sinn, auf die andere Straßenseite zu gehen, dort standen ebenfalls Hitlerjungen mit ihren Büchsen. Jede Sammelaktion war gut organisiert.

Doch diese Sammelaktionen und der Anhängerverkauf waren noch nicht alles. Mit dem Einmarsch der deutschen Truppen in die Sowjetunion begannen auch die Sammlungen für das Winterhilfswerk. Sie kamen regelmäßig und die Abstände wurden immer kürzer. Meist in den Abendstunden erschienen Sammler, es waren auch Parteigenossen, nicht nur Hitlerjungen, die Kleidungsstücke eintrieben, und bitte - gute, warme Kleidung, Männerkleidung! Die Soldaten sollten ja nicht frieren. Kleidungsstücke für die Bevölkerung gab es nur auf Bezugsscheine. Einem Kind stand in einem Jahr ein einziges Paar Schuhe zu. Ausgebombte Personen, die ihr gesamtes Hab und Gut verloren hatten, bekamen nicht einmal eine ausreichende Grundausstattung, sie mussten bei Verwandten und Bekannten betteln gehen. Meine Tante ist siebenmal ausgebombt worden.

An einem Abend klingelte es wieder. Meine Mutter öffnete, ich stand neben ihr. Wieder eine Sammlung von Kleidern. „Heil Hitler, wir sammeln für das Winterhilfswerk", kam die Aufforderung. Meine Mutter schwieg. Sie stand wie versteinert. Sie hatte keine Männerkleidung zum Abgeben mehr. „Haben Sie uns nicht verstanden?" kam die fordernde Frage des einen Sammlers. Es war ein erwachsener Mann, also ein Parteigenosse. Ich spürte, dass sich meine Mutter vor diesen Sammlern am meisten fürchtete, noch mehr als vor dem Blockwart.
„Doch, doch", antwortete meine Mutter, „einen Moment bitte." Sie ging ins Schlafzimmer, holte aus dem Kleiderschrank die große, blaue und mir verbotene Hutschachtel und entnahm ihr einen weißen, flauschigen Wollpullover. Es war ein Erinnerungsstück an ihren verstorbenen ersten Mann.

Der Salatkopf

An einem Abend, es war Frühsommer und wohl das dritte Kriegsjahr, brachte meine Mutter ein Kleid zu einer Kundin, ich durfte sie wie üblich begleiten. Meine Mutter hatte bis zur letzten Minute genäht, das Kleid sollte termingerecht fertig werden. Die Kundin besaß mit ihrem Mann eine Gärtnerei. Ich ging gern dort hin. Das Wohngebäude lag im Innenhof, der von alten ländlich wirkenden Häusern gebildet wurde. Nach außen zur Straße hin wurde dieser Hof durch ein breites Holztor abgegrenzt. Das geöffnete Tor war mit einer langen Eisenstange an der Mauer eingehakt. Diese Stange war mein Turngerät. Für uns Kinder gab es in der Stadt nirgends Kletter- oder Spielgeräte. Auch im Haus der Gärtnersfrau fand ich es spannend. Im Wohnzimmer standen Tonfiguren aller Art, lag künstliches Obst in einer Schale und viele Pflanzen begrünten das Zimmer, es war eine völlig andere Atmosphäre im Vergleich zu anderen Wohnungen. Vom Wohnzimmer aus ging man durch einen Wintergarten direkt in die Gärtnerei. Wenn meine Mutter mit der Anprobe beschäftigt war, durfte ich mich in der Gärtnerei oder im Gewächshaus aufhalten und einem alten Mann beim Pflanzen zusehen.

Bevor wir wieder nach Hause gingen, schenkte die Gärtnersfrau meiner Mutter einen Salatkopf. Meine Mutter trug ihn auf dem Heimweg im Arm. Die Straßen waren schon fast menschenleer. Wir hielten uns an den Händen und erzählten. Meine Mutter erzählte wunderbar. Sie wusste so viele Geschichten, kannte unzählige Märchen und Fabeln, sie schilderte ihre Kindheit und die damaligen Lebensumstände in der Kaiserzeit, sie sang mir Volkslieder, Arien, Schlager und verrückte Lieder vor. Meine Mutter war für mich der Quell des Wissens. So hörte ich auch an diesem Abend auf dem Heimweg irgendeiner Geschichte zu und war ganz in der erzählten Welt versunken. Wie aus dem Nichts trat plötzlich ein Mann vor uns und verstellte uns den Weg. „Heil Hitler!" schnarrte seine Stimme und sein rechter Arm schnellte schräg über meinen Kopf hinweg in die Höhe. „Heil Hitler", antwortete meine Mutter. Mir war der Schreck in den Körper gefahren, meiner Mutter wohl auch. Der Mann stand groß und dicht vor uns. Er trug einen langen Staubmantel und hatte einen dunklen Hut auf. Er musterte uns, lange, bedrohlich lange.

„Wie viel hat der Kopf Salat gekostet?" wollte er wissen. Ganz ruhig und wie selbstverständlich nannte meine Mutter einen Preis. Stimmte die Höhe? Vermutlich. Meine Mutter musste dann noch Auskunft geben, wo sie den Salat gekauft hatte. Sie antwortete wahrheitsgemäß, denn sicher war uns dieser Mann der Staatsgewalt schon von der Gärtnerei aus gefolgt.

Unruhe war in meiner Mutter, ich merkte es an ihrem Verhalten. Einige Tage lang traute sie sich nicht in die Gärtnerei, dann gingen wir doch. „Spiel auf dem Hof", sagte sie zu mir, „ich komme gleich wieder." Sie kam bald darauf zurück. Erleichtert, aber doch zweifelnd sagte sie zu mir: „Es ist wohl nichts passiert."

Das fünfte Kind

Meine Mutter hatte eine Kundin, die keine neuen Stoffe zum Nähen brachte, sie ließ aus gebrauchten Kleidern neue nähen. Insgesamt war die Schneiderei aus Mangel an Stoffen zurückgegangen. Stoffe hatten hauptsächlich die Frauen, deren Männer in Frankreich stationiert waren. Der Mann dieser Frau war nicht in Frankreich, auch an keiner anderen Front. Er war freigestellt, weil er in der Rüstungsindustrie eingesetzt wurde, dort war er wegen seiner großen technischen Kenntnisse unabkömmlich.

Eines Tages kam die Frau wieder zu uns. Es war keine Anprobe vereinbart, sie brachte auch kein Kleidungsstück zur Änderung mit, sie kam mit schwerem Herzen und verweinten Augen. Ich kroch nach der Begrüßung wieder unter den Tisch auf meinen gewohnten Platz. Sie war das gewöhnt, nahm von mir auch keine weitere Notiz.

Die Frau hatte ihr fünftes Kind bekommen. Nachts weinte der Säugling, niemand konnte schlafen. Die Wohnverhältnisse waren beengt. Der Vater des Babys war nach einigen schlaflosen Nächten dermaßen übermüdet, dass er sich für einen Moment hinter einer Maschine ausruhen wollte. Er schlief ein und wurde entdeckt. Man brachte ihn wegen Arbeitsverweigerung in ein Konzentrationslager.

Nach einigen Monaten haben sie ihn wieder freigelassen, er wurde in der Rüstungsindustrie gebraucht. Er wog noch ein bisschen mehr als vierzig Kilo.

Schuhcreme

Mein Vater war ein alter Vater, deshalb war er zur Zeit der Schlacht um Stalingrad noch nicht eingezogen. Erst später nahmen sie alle Jahrgänge. Er war mit den Autos groß geworden. Eine Kurbelstange vorn an einem Auto, mit der man damals den Motor anließ, hatte ihm den Arm zerschlagen. Er konnte ihn seither nicht mehr richtig drehen. Aus Angst, dass der Krieg am Westwall beginnen würde, waren meine Eltern mit mir aus Saarlautern weggezogen. Mein Vater hatte bei der Firma Opel in Magdeburg/Sudenburg als Meister eine Anstellung gefunden und arbeitete dort seit 1939. Er horchte in die Autos hinein wie ein Arzt in seine Patienten und wusste sofort, woran der Motor krankte. Mein Vater war als Meister sehr geschätzt. Viele hochdekorierte Kunden brachten ihr Auto zu ihm in die Werkstatt.

Eines Abends kam mein Vater völlig verstört von der Arbeit nach Hause. Meine Mutter und meine Schwester saßen mit ihm am Tisch und berieten sich mit sorgenvollen Gesichtern. Ich spielte in einer Ecke und hörte zu. Mein Vater hatte durch Zufall im Betrieb gehört, dass ein Mitarbeiter verhaftet werden sollte und hatte ihn gewarnt. Der Mitarbeiter konnte fliehen. Das war gut. Wenn er vielleicht aber doch gefasst würde, was wäre dann? Die Gefahr war groß. Mein Vater musste weg. Er meldete sich freiwillig zum Dienst hinter der Front. Er kam zur Organisation TOT nach Gleiwitz. Dort musste er Kriegsfahrzeuge reparieren.

Nach einiger Zeit bekam mein Vater Heimaturlaub. Er erzählte von einer Frau, die ihn um Haarfärbemittel angebettelt hatte. Es war eine Zwangsarbeiterin, die dort in den Reparaturwerkstätten schuften musste. Ihre Haare wurden grau. Graue Haare bedeuteten "alt" und "schwindende Leistungskraft". Wer nicht schwer arbeiten konnte, wurde vernichtet. Mein Vater konnte kein Färbemittel besorgen, er schenkte ihr schwarze Schuhcreme. Wie die Tötung der nicht mehr leistungsfähigen Zwangsarbeiter geschah, erfuhr mein Vater bei der Reparatur eines geschlossenen Lastkraftwagens. Dünne Röhrchen führten in den geschlossenen Raum hinter der Fahrerkabine. Meine Eltern achteten bei den Gesprächen nicht auf mich, ich war ihnen zu klein.

Seit diesem Heimaturlaub meines Vaters bekam ich schwere Albträume, es waren nicht nur die zunehmenden Bombenangriffe. Immer mehr grausame Geschehen mischten sich in die Träume. Noch lange nach Kriegsende wurde ich von ihnen gequält. Ich sah Köpfe aus lockerer Erde herausragen. Lebende Menschen waren von Menschen eingegraben worden und blanke Stiefel traten in ihre Gesichter.

Die Papiere

Lange Zeit hatte meine Mutter einen hochroten Kopf. Mit mir an der Hand ging sie auf viele Behörden und auch zu Verwandten, schrieb Briefe, bekam welche, schien auf etwas sehr wichtiges zu warten. Ich bemerkte ihre Unruhe, verstand aber nichts.

Wir fuhren mit der Straßenbahn. Es war eine lange Fahrt, sie führte über die Stadtgrenze von Magdeburg hinaus in ein ländliches Gebiet, Schönebeck. Dort war ich noch nie gewesen. Meine Mutter sprach auf dem Weg lange kein Wort, ich wusste nicht, wo sie mit mir hingehen wollte. „Hier wohnt ein Schwager meines ersten Mannes. Du weißt ja, er ist gestorben, als du noch nicht geboren warst. Wenn wir drin sind, erzähl nichts, hörst du, absolut nichts. Sag nur guten Tag", befahl mir meine Mutter, als wir vor einem großen Eisentor standen. Nach dem Klingeln kam eine Stimme aus einer Sprechanlage, eine metallisch klingende, strenge Männerstimme. Meine Mutter sagte ihren Namen und zu wem sie wolle. Nach einiger Zeit wurde eine Personentür in dem Tor geöffnet. Ein Uniformierter führte uns über einen großen Platz zu einem Wohnhaus. Im Hintergrund sah ich viele Baracken. Wir wurden von dem Soldaten mit geschultertem Gewehr begleitet. Vor dem Haus, es sah aus wie ein Bauernhaus, übergab der Soldat uns einem jungen Dienstmädchen. Sie führte uns in den Raum, in dem sich der ehemalige Schwager meiner Mutter befand. So etwas hatte ich noch nie gesehen! In der Mitte des Raumes stand ein langer Tisch, er war über und über mit Schüsseln, Schalen und Tellern bedeckt, alle gefüllt mit Speisen, es roch nach geräucherter Wurst. Mitten an der Tafel saß ganz allein der ehemalige Verwandte meiner Mutter. Er hatte eine große weiße Serviette in seinen Hemdkragen gesteckt, seine Uniformjacke hing auf dem Stuhl neben ihm, Hosenträger spannten über den Bauch. Lachend, sehr freundlich und mit vollem Mund begrüßte er meine Mutter über den Tisch hinweg. Wir standen, er aß weiter. Die Zeit erschien mir unendlich lang. Warum sagte meine Mutter nichts? Zwischen zwei vollen Happen zeigte der Mann mit dem Messer auf mich. „Und wer ist die Kleine dort? Doch wohl nicht deine?" – „Doch, das ist meine Tochter", kam die Antwort. „Bist du wieder verheiratet?" – „Nein." Prüfende Blicke, eisiges Schweigen, Unheil in der Luft. Was wollte meine Mutter von diesem Menschen?

Schließlich wurden wir aufgefordert, uns an den Tisch zu setzen. Wir sollten essen. Meine Mutter lehnte ab, ich nicht. Es roch so köstlich. Meine Mutter schmierte mir ein Leberwurstbrot. Lieber hätte ich Schlackwurst gegessen. Dann redeten die Erwachsenen. Ich verstand nur, dass meine Mutter irgendwelche Papiere brauchte. Sie war aufgeregt und hatte einen roten Kopf. Ich begriff, dass Zeit nicht immer gleich lang ist. Steif saß ich auf dem Stuhl. Es dauerte und dauerte. Der Mann aß noch immer. Dann endlich wischte er sich den Mund ausgiebig mit der Serviette ab, stand auf, zog seine Uniformjacke an, straffte sich und verließ den Raum. Er hatte blanke Stiefel an, nicht solche, wie der Soldat da draußen. Wir warteten. Meine Mutter schwieg und schwitzte aus ihrem roten Kopf blanke Perlen. Ich schwieg auch und starrte auf den Tisch. Wie viele Menschen braucht man, um die Teller und Schüsseln leer zu essen, die auf dem Tisch standen, überlegte ich. Das Dienstmädchen kam herein und räumte den Tisch ab. Sie lief immer rein und raus. Sie hatte viel zu tragen. Wir warteten. Dann endlich kam der Mann mit den blanken Stiefeln. Er streckte meiner Mutter Papiere entgegen und sagte: „Nur, weil du eine gute Schwägerin warst, sonst nicht." Er starrte mich an, lange. Mir war zum Heulen. Was wollte dieser Mann von mir? „Und, ist mit deinem Bastard alles in Ordnung? fragte er. „Ja, ihre Papiere habe ich schon. Niemand in der Familie des Vaters ist Jude", kam die Antwort von meiner Mutter. Wir gingen schnell aus dem Haus. Draußen nahm uns der Wachsoldat in Empfang.

Meine Mutter rannte mit mir die Straßen entlang, zog mich hinter sich her, blieb an keiner Haltestelle stehen und wartete nicht auf die Straßenbahn. Sie rannte mit mir und atmete schwer. Kein einziges Wort sagte sie. Sie rannte und rannte, plötzlich blieb sie stehen. „Mein Schatz, sag zu niemanden ein Wort über diesen Mann, sag zu keinem, wo wir waren, hörst du!" Zu Hause beruhigte sie sich. Sie fing an zu schimpfen. „Zum Glück ist dieser Mensch nicht mit meinem ersten Mann blutsverwandt, es ist zum Schämen. Lebt wie die Made im Speck, und die armen Menschen in den Baracken verhungern. Es ist zum Schämen!" Ich dachte an die Zwiebeln.

Der liebe Nachbar

Ich ging noch in die erste Klasse, als mein Großvater starb. Wir zogen in sein Haus. Jetzt wohnte ich nicht mehr in meiner Straße mit meinen Spielfreunden. Meine Schwester war mit ihren beiden Kindern in der alten Wohnung geblieben. Zum Glück kannte ich die neue Umgebung, die Gärten vor und hinter den Häusern, ich fühlte mich schnell wohl. Die Nachbarkinder wurden mir bald gute Freunde. Es war nur schlimm, dass ich meine alten Freunde nicht mehr oft sehen konnte. Die Bombenangriffe waren daran schuld. Jetzt verging kaum ein Tag ohne Angriffe, auch nachts mussten wir oft in den Keller. Jeder Weg, der zu weit von einem Bunker entfernt war, wurde zur Gefahr. Auch der Schulweg war unsicher. Jeden Morgen sagte meine Mutter zu mir: „Wenn Alarm kommt, klingele am nächsten Haus und bitte die Leute, dass du mit in ihren Keller darfst." Als Kind habe ich noch nicht begriffen, wie schwer es meiner Mutter gefallen sein musste, mich in die Schule zu schicken. Heute weiß ich, die Frauen waren alle unglaublich stark.

Uta, die nur ein paar Häuser weiter wohnte als ich und zu der Zeit meine beste Freundin geworden war, ging in die gleiche Schule wie ich. Ich hatte die Schule nicht wechseln müssen, denn meine Schule war auch für diesen Stadtteil Magdeburgs zuständig.
Es gab wenige Volksschulen, und viele Kinder hatten einen sehr weiten Weg.
Uta war ein Jahr älter als ich und ging in die zweite Klasse. Bei Fliegeralarm saßen alle Schüler und Lehrer im Milchkeller. Es roch nach saurer Milch. Wenn es irgendwie möglich war, setzten Uta und ich uns nebeneinander. Wenn die Bomber dröhnten und die Bomben einschlugen, hielten wir uns fest an den Händen. Dann war die Angst etwas leichter.
Wie durch ein Wunder mussten wir nur einmal auf unserem Nachhauseweg bei fremden Leuten klingeln, um mit in ihren Keller zu gehen.

Die Bombenangriffe wurden immer häufiger. Die Schulen, vielleicht waren es auch nur die Volksschulen, wurden geschlossen. In der Stadt gab es nicht mehr viele Kinder. Sie waren auf das vermeintlich sichere Land verschickt worden. Meine Mutter wollte sich nicht von mir trennen, Utas Mutter sich auch nicht von ihren Kindern.

Unser Nachbar, sein Haus grenzte direkt an unser Haus, bedrängte meine Mutter ständig, sie solle mich verschicken lassen. Meine Mutter antwortete ihm: „Wenn wir sterben, sterben wir zusammen. Meine Tochter bleibt bei mir!" Unser Nachbar war Parteigenosse und Blockwart. Er war sich seiner Macht bewusst und drohte mit einer Anzeige. Ich hatte Angst um uns. Meine Mutter blieb stur. Eines Tages, als der Nachbar sie wieder aufforderte, mich zur Verschickung anzumelden, sagte sie ihm: „Haben Sie nicht die Flugblätter gelesen, die die Amerikaner oder die Engländer abgeworfen haben? Auf dem einen steht: ,Schickt nur eure Kinder in die Berge, da stehn schon ihre Särge'. Auf dem anderen steht: ,Magdeburg, ihr Roten, ihr zählt schon zu den Toten'. Ist es da nicht egal, wo mein Kind sich befindet? Sicherheit gibt es nirgends mehr." Ein solches Flugblatt hatten wir selbst nie gelesen, es wurde davon in der Bevölkerung erzählt.

Meine Mutter war zu weit gegangen. Ihr drohte die Verhaftung. Wieder in unserem Haus, brach die Verzweiflung aus ihr heraus. Sie saß am Küchentisch, hatte den Kopf in die Hände gestützt und die Tränen tropften auf die Tischplatte. Ich streichelte sie. Immer zuckten wir zusammen, wenn es an der Haustür klingelte. So ging es etwa drei oder vier Tage lang. Dann hörte ich etwas Befreiendes: Unser Nachbar war direkt nach der Auseinandersetzung mit meiner Mutter von einer Wespe gestochen worden und sein Kopf war zu doppelter Größe angeschwollen. Lange Zeit war der gefürchtete Blockwart aus dem Verkehr gezogen. Er lag im Krankenhaus. Wir dankten der Wespe.

Es waren nicht nur wir, die froh waren, dass der Blockwart mit seiner Krankheit beschäftigt war, sondern ganz besonders auch eine Familie, die uns gegenüber wohnte. Die etwa zwanzigjährige Tochter war schwanger geworden. Sie war nicht verheiratet. Die Leute steckten die Köpfe zusammen, wer wohl der Vater sein könnte. Plötzlich kam ein Gerücht auf: Ein Zwangsarbeiter, noch dazu ein Pole, sei der Vater. Dieses Gerücht war schlimm. Stimmte es, so drohte der werdenden Mutter die Verhaftung, dem Erzeuger der Tod. Dem Blockwart war das Getuschel der Leute zu Ohren gekommen und, pflichtbewusst und vaterlandstreu wie er war, kümmerte er sich um die werdende Mutter. Immer und immer wieder stand er bei ihr vor der Tür und forderte Einlass. Was für eine Geschichte die Familie ihm erzählt hatte, erfuhr niemand. Auf jeden Fall glaubte unser Blockwart sie nicht, sonst wäre er nicht fortlaufend bei der Familie erschienen. – Nach dem Krieg lernten wir den Vater des kleinen Mädchens kennen. Er war ein Pole. Dann war er verschwunden. Niemand wusste, wohin. Die Verfolger hatten nur die Uniform gewechselt.

In Bunkern

Die Häuser der Gartenstadt Reform waren so leicht gebaut wie Schuhkartons. Die Keller der Häuser boten keinen Schutz vor Bomben, das wussten alle. Am Ende unserer Straße und noch über die Fahrbahn der Hauptstraße hinweg war das Fort, ein Rest der alten Befestigungsanlage von Magdeburg, mit seinen Wällen und Gräben, mit seinen alten Bäumen und Wiesen. Es barg in sich ein Freilichttheater, eine Waldschule und Sportanlagen. Doch nichts davon konnte durch den Krieg genutzt werden. Für den Krieg hatte man im Fort ein 50 Meter langes und 15 Meter breites Löschbecken gebaut. In ihm habe ich nach dem Krieg das Schwimmen gelernt.

Gegen Ende des Krieges kam man auf die Idee, in den großen Wall hinein Bunker zu bauen. In diesen Bunkern sollten nur die Menschen aus unserer Siedlung Schutz vor den Bomben finden, die sie gebaut hatten. Wer nicht mit gegraben, gebuddelt und Steine geschleppt hatte, musste draußen bleiben. Wir blieben draußen. Meine Mutter konnte die schweren Erdarbeiten nicht mehr leisten, sie war körperlich dazu nicht in der Lage. Ihr Herz war krank, ihr Blutdruck extrem hoch, oft fiel sie einfach auf den Boden und lag mit blaurotem Kopf da. Dann schüttete ich kaltes Wasser über sie, damit sie wieder zu sich kam. Ärzte gab es in der Stadt nur noch ganz wenige. Tagsüber liefen wir bei Voralarm hinaus auf ein Feld in einen Erdbunker. Er war höchstens drei Meter tief in das Erdreich gegraben, mit Baumstämmen abgestützt und mit Grasnarbe bedeckt. Die Bomberpiloten sollten ihn nicht entdecken. Ein bis zwei Kilometer entfernt waren die Kruppwerke. Sie waren ständig das Ziel der Angriffe. Wenn wir eng zusammengerückt auf den Holzbänken im Bunker saßen und das Dröhnen der Flugzeuge, das Pfeifen der herabfallenden Bomben und die Einschläge hörten, hoffte ich immer, dass die Feinde da oben in der Luft richtig zielen würden, die Werke treffen und nicht uns. Ich hatte aber auch gehört, dass die Windrichtung eine Rolle beim Abwurf der Bomben spielte. Manchmal wurden sie abgetrieben. Außerdem wollte ich der Flackabwehr vertrauen, das redete ich mir ein. Die Jungen dort sollten die Flugzeuge treffen. In unseren Erdbunker passten etwa 80 Menschen.
Meine Freundin Uta lief immer mit uns mit, wenn die Sirenen Voralarm heulten. Auch sie hatte Angst in ihrem Keller unter dem Haus, Angst vor den Gasleitungen, Angst vor den Steinen, Angst, dort zu sterben. Nachts saßen wir in unseren Kellern. Vor

uns stand die mit Wasser gefüllte Zinkwanne, daneben lagen
Decken und Tücher gegen Flammen. Die entsetzlich gruselig
aussehenden Gasmasken lagen neben uns. Vor ihnen habe ich
mich von Anfang an gefürchtet. Die Angriffe wurden immer
dichter. Oft wurde kein Voralarm mehr gegeben, die Sirenen
schwollen auf und ab, das war direkt der Hauptalarm, gleichzeitig
fielen schon die Bomben. Wir waren so übermüdet und wurden
mehrfach erst bei Entwarnung wach. Meine Mutter stellte deshalb
ein Bett in den Keller. Angezogen schliefen wir. Auch tagsüber
schafften wir es oft nicht mehr, auf das Feld in den Erdbunker zu
laufen. Eine Sprengbombe traf unsere Schaukel, die Schaukel
meines Spielfreundes. Er wohnte zwei Häuser weiter. Als die
Bombe einschlug, schwappte das Löschwasser aus der Zinkwanne, meine Mutter und ich hatten uns in Todesangst ineinander
festgebissen. Wir merkten es nicht.
Die Erstarrung löste sich erst lange nach Abflug der Bomber. Wir
lebten. Auch in der unmittelbaren Nachbarschaft hatten alle Menschen überlebt. Alle Häuser standen, nur die Fensterpappen waren herausgefallen, Geschirr war zersprungen. In den Zimmern
lag Erde. Die Leipziger Straße, die Hauptstraße in das Zentrum
hinein, war völlig zerstört. Wieder einmal. Tiefe Krater reihten
sich aneinander. In bizarren Formen ragten die Straßenbahnschie-
nen in den Himmel hinein. Alle Leitungen waren zerborsten. Wir
holten unser Trinkwasser in Eimern von einem benachbarten
Dorf. Damit das Wasser nicht aus dem Eimer schwappte,
schwamm oben ein Holzbrettchen. Nach etwa zwei Wochen
hatten wir wieder Wasser, Strom und Gas.
Die Straßenbahn fuhr wieder.

Rechts neben uns im Haus wohnte eine Familie mit ihrer Tochter,
eigentlich wohnten nur die Mutter und die Tochter noch dort, der
Vater war im Krieg, und beide hatten lange nichts von ihm ge-

hört. Die Mutter war dienstverpflichtet, weil ihre Tochter schon zwölf Jahre alt war. Alle Frauen mussten arbeiten, meist in der Rüstungsindustrie. Sie hatten die Plätze der Männer eingenommen. Nur ältere Frauen und Frauen mit kleinen Kindern durften zu Hause bleiben. Das Mädchen verbrachte die Tage allein zu Hause. Sie war ein stilles, in sich gekehrtes Kind, spielte nie mit mir oder den anderen Kindern der Straße, ging auch nicht hinaus. Ich mochte sie nicht. Auch ihre Mutter war komisch, fand ich jedenfalls. Das Nachbarmädchen bekam Diphtherie, diese Krankheit war damals oft noch tödlich. Es gab keine Medikamente dagegen. Ihre Mutter arbeitete bei der Firma Polte, einer Waffenfabrik. Sie durfte der Arbeit trotz der schlimmen Erkrankung ihrer Tochter nicht fernbleiben. Wenn die Bomben fielen, saß das Kind allein im Keller oder schaffte vielleicht nicht einmal die Treppe bis hinunter. Es war sehr schwach. Die Vorstellung, wie das Mädchen sich fürchten musste, wenn die Bomben fielen, konnte meine Mutter nicht aushalten. Beim nächsten Bombenalarm klingelte sie kurzentschlossen an der Tür und holte das Mädchen zu uns in den Keller. Zu mir sagte sie: „Wovor man keine Angst hat, das kriegt man auch nicht." Dicht gedrängt saßen wir bei vielen Angriffen zusammen in unserem Keller.

Als das Mädchen wieder gesund war, lief es immer zu Bekannten in unserer Straße hinüber. Während der Erkrankung hatten diese Leute das Mädchen immer von sich fern gehalten. Ich hatte mich nicht angesteckt.

Selten konnten wir meine Schwester und ihre Kinder sehen. Telefon gab es nicht, nur wichtige Leute hatten es. Nach einem Angriff schauten wir immer in Richtung Sudenburg, dem Stadtteil Magdeburgs, wo sie wohnten. Sah man dort in Richtung Sudenburg am Himmel Rauch und Feuerschein? Meine Mutter war in ständiger Sorge. Der Weg in die Stadt war zur Gefahr geworden. Kam Alarm, blieben die Straßenbahnen stehen, sofern sie überhaupt in Betrieb waren. Einen Bunker gab es auf dieser Strecke nicht. Links war das Krankenhaus mit einer langen Mauer, rechts Gärten. Als wir dann doch, trotz der Gefahr, zu Besuch bei meiner Schwester und den Töchtern waren, jammerte die älteste von ihnen: „Oma, bitte, bitte komm morgen wieder." Meine Mutter versprach ihr, in drei oder vier Tagen wieder zu kommen. Es war der 16. Januar 1945. Meine Mutter weckte mich ganz früh und sagte, dass wir meine Schwester besuchen wollten. Wir rannten los und schafften es. Nur kurze Zeit spielte ich mit meinen Nichten. Dann heulten die Sirenen. Meine Schwester nahm uns mit in ihren Bunker. Wir saßen im Tonnengewölbe der Stadtbefestigung, mehrere Meter tief unter der Erde. Der Boden bebte. Eine fremde Frau hatte mich zu sich gezogen und drückte meinen Kopf in ihren Schoß. Sie brabbelte vor sich hin: „Die machen nur Spaß, du brauchst keine Angst zu haben." Ich streichelte die Hand der Frau. Ohrenbetäubender Lärm drang durch die dicken Mauern. Wir wurden nicht getroffen, wir hatten wieder einmal überlebt. Zur gleichen Zeit starben alle Menschen in unse-rem Erdbunker. Meine Freundin Uta war zum Glück nicht allein hingelaufen. Sie hatte den schrecklichen Angriff im Haus mit ich-rer Mutter und ihrem Bruder überstanden. Unsere Straße war nicht getroffen worden. Die Bomben waren auf die Kruppwerke, das Krankenhaus und auf die Fremdarbeiter, die man bei Alarm immer auf die Felder getrieben hatte, gefallen. Es gab sehr viele Tote.

Nach dem Angriff sahen wir in unserer Richtung die schwarzen Rauchwolken und den feuerroten Himmel. Auf Umwegen kamen wir nach Hause, die Leipziger Chaussee war wieder einmal eine Kraterlandschaft geworden. Meine Schwester war mit ihren Kindern mit uns mitgekommen. Sie wollte auch wissen, ob unser Haus in Reform noch stand. Am Abend kam der zweite Angriff. Die Sirenen heulten Vollarm. Wir Kinder wurden aus dem Schlaf gerissen und blitzschnell angezogen. Auf dem Weg in den Keller sahen wir noch schnell aus der Haustür hinaus auf den Himmel. Wo waren die Leuchtkugel-Markierungen? Wo standen die „Christbäume"? Wir sahen zwei, wussten also nicht, ob wir im Abwurfgebiet der Bomben lagen. Vier Leuchtkugel-Markierungen grenzten das Angriffsquadrat ein. Lagen wir drin? Wir wussten es nicht. Wenige Minuten nach dem Alarm fielen schon die Bomben. Sie pfiffen in der Ferne, die Detonationen waren auch nicht direkt bei uns. Als es ruhig wurde, Entwarnung hatte es nicht gegeben, gingen wir aus dem Keller hinaus auf die Straße.

Der glutrote Feuerhimmel lag über dem Zentrum der Stadt Magdeburg. Alles war dort in Schutt und Asche gelegt worden, tausende von Menschen hatten ihr Leben verloren. Den Bunker, in dem wir am Mittag gezittert hatten, gab es nicht mehr. Kein Mensch in ihm hatte überlebt. Es war der 16. Januar 1945. Die Innenstadt von Magdeburg gab es nicht mehr. Die Angriffe gingen weiter.

Die Evakuierung

Im Viehwagen

Genau eine Woche nach dem größten Angriff auf Magdeburg am 16. Januar 1945 konnten meine Mutter und meine Schwester es nicht mehr aushalten. Wir wollten in Stendal bei meinem Onkel Schutz vor den Bomben suchen. Stendal hatte zwar viele Kaser-

nen, war aber trotzdem kaum bombardiert worden. Die Koffer und Taschen mit den wichtigsten Kleidungsstücken für unbestimmte Zeit zog der Schwiegervater meiner Schwester auf einem Handwagen vor uns her zum Hauptbahnhof. Oben auf dem Gepäck saßen meine kleinen Nichten, zwei und drei Jahre alt. Ich war damals acht Jahre alt. „Guckt nach rechts!" sagte meine Schwester ununterbrochen zu uns. Auf der linken Seite der Kraterstraße, es war entweder die Otto-v.-Guericke-Straße oder der Breite Weg, lagen noch immer die verkohlten Leichen in Reih und Glied vor den noch glimmenden schwarzen Ruinen. Ich sah natürlich verstohlen doch nach links. Vor und zwischen den Toten standen Überlebende und suchten. Ein entsetzlicher Brand- und Leichengeruch stand in der Luft.
Die Mitte der ehemaligen Straße war von den Trümmern freigeräumt, darin hatte man Routine.

Auf dem Bahnhof wimmelte es von Flüchtenden und Soldaten. Niemand wusste, wann, wo und wohin ein Zug fahren würde. Es gab nur die Mund- zu Mundinformationen. Mal rannte die Masse Mensch über die Schienen zu dem einen Bahnsteig, dann zu dem anderen, wir gehörten auch zu der Masse. Es war so wichtig, dass wir uns nicht verloren.
Wir verloren uns nicht, selbst der Handwagen war noch in unserem Besitz. Außerhalb des Bahnhofes stand ein Viehwagen, das war unser Zug. Die Schiebetüren waren noch offen, Menschen hingen wie Trauben nach draußen. Plötzlich wurde ich von einem Mann von hinten gegriffen und über die Menschen hinweg zu der breiten Waggontür gehoben, dann von anderen hineingezogen. Ich landete auf der Lenkstange eines Fahrrades. Runterfallen konnte ich nicht, es war viel zu voll. Ich schrie wie am Spieß. Meine Mutter und meine Schwester mit ihren Kindern waren draußen. Meine Schreie müssen so entsetzlich gewesen sein, dass

die Menschen um mich herum Unmögliches möglich machten.
Der Zug rollte schon, da hörte ich zwischen meinen Schreien die
Stimme meiner Mutter.
Wir waren alle im Zug, sogar unser Gepäck.

Menschen auf der Flucht vor Bomben, alle beladen mit ihrem
Schicksal, alle hatten Angst vor einer Bombardierung des Zuges,
eine entsetzliche Stimmung lastete in diesem Viehwagen, doch es
gab einen Mann in der Menge, der rief an jeder Haltestation des
Zuges einen Reim auf den Namen der Ortschaft. Die Dumpfheit
der Angst hellte sich auf und die Erwachsenen lachten. Ich verstand den Inhalt der meisten Reime nicht, habe aber zwei davon
behalten: „'Malwinkel!' - Alle mal raus, mal pinkeln!" Und:
„'Annarogätz!' Anna, nun gehts!"
Wir kamen unbeschadet in Stendal an.

In Stendal

Das weiße Haus meines Onkels stand an der Stadtgrenze Stendals
und gehörte zu Warburg, einem Dorf. Es war dort paradiesisch.
Eine große Kirschplantage erstreckte sich hinter dem Haus, davor
ein prachtvoller Blumengarten. Direkt hinter dem Haus unter dem
Küchenfenster war der Hund Basko angekettet. Es stank nach
Hundedreck und Futter. Einmal hatte ich ihn losgemacht und war
mit ihm über die Felder gelaufen. Ich bekam höllischen Ärger.
Basko reichte mir bis zur Brust, hatte ein schwarzes lockiges Fell
und war sehr lieb. Ich schmuste viel mit ihm, ich konnte die Kälte
meiner Tante und meines Onkels nicht verstehen und hatte großes
Mitleid mit ihm.

Nach Kriegsende und nachdem die Russen als Besatzungsmacht die Amerikaner abgelöst hatten, wurde Basko abgeschafft und drei abgerichtete Schäferhunde in den Dienst meines Onkels gestellt. Sie waren so scharf, dass mein Onkel sie bald als Lebensbedrohung für sich empfand und sie auch beseitigte.
Meinem Onkel und seiner Frau ging es weiterhin sehr gut. Viele Menschen starben durch Hunger und Kälte.

Mein Onkel war der jüngere Bruder meines Vaters. Er war auch Soldat, aber im Heimatdienst. Er war Zahlmeister in einer Kaserne und hatte viel Zeit für private Dinge. Ihm ging es gut. Vom Krieg hatte er bisher nicht viel gemerkt. Er besaß zu seinem Vergnügen und zur Befruchtung der Blüten über 60 Bienenvölker, die in einem eigenen Steinhaus mitten in der Kirschplantage untergebracht waren. Das Bienenhaus war so groß und so solide gebaut wie ein Einfamilienhaus. Die Familie meines Onkels, es gehörten noch eine Pflegetochter und deren Sohn dazu, hatte Nahrungsmittel in Hülle und Fülle, es herrschte an nichts Mangel. Hin und wieder bekamen wir von den Vorräten etwas ab.

In Magdeburg hatte für mich gerade das zweite Schuljahr begonnen, als es mit dem Lernen auch schon wieder vorbei war. Etwa ein Jahr lang fiel der Unterricht wegen der Bombenangriffe aus. Jetzt musste ich meinem Alter entsprechend in die dritte Klasse der Dorfschule gehen. Auf der einen Seite des Raumes saßen die Erst- und Zweitklässler, auf der anderen die Schüler der dritten und vierten Klasse. Meine Banknachbarin war ebenfalls ein evakuiertes Kind, sie kam aus Dortmund. Ihr ging es genauso schlecht wie mir, wir verstanden nichts und fühlten uns so dumm. Die Lehrerin nahm uns nicht wahr.
Mein Freund, mit dem ich schon von klein an bei Besuchen in Stendal gespielt hatte, saß ebenfalls in der Klasse und konnte

alles. Er versuchte, mir zu helfen, mir jedoch fehlte jegliche Grundlage, besonders im Rechnen.

Eines Tages heulten die Sirenen. Die Lehrerin scheuchte alle Kinder nach Hause in die Keller. Der Weg der Dorfkinder war nicht weit. Mein Spielfreund und ich aber wohnten ein halbe Stunde von der Schule entfernt. Wir rannten aus dem Dorf hinaus und den Feldweg entlang. Wir waren ganz allein auf diesem Weg. Ein Tiefflieger kam auf uns zugerast. Wir warfen uns in den Straßengraben. Dicht neben uns schlugen die Geschosse in den nackten Acker. Wir bekamen nur Erdklumpen ab.
Bald danach wurde auch in Stendal und Umgebung, wahrscheinlich in allen Gebieten Deutschlands, der Schulbetrieb eingestellt.

Das Ende des Krieges

Es waren die ersten Apriltage des letzten Kriegsjahres. Plötzlich stand mein Vater vor der Tür. Er hatte sich bis Stendal durchgeschlagen. Seine Einheit in Riga war durch die Flucht vor der russischen Armee in alle Winde zerstreut worden und mein Vater war desertiert. Er trug noch die khakifarbene Uniform der Organisation TOT und roch entsetzlich. Sein Weg zu uns war weit und sehr gefährlich gewesen. Er erzählte uns, dass er über die Ostsee mit einem Schwesterschiff der Monte Sarmiento, dem Schiff, auf dem meine Eltern sich kennen gelernt hatten, geflohen sei. Auf dem Schiff wäre er nur an Deck geblieben, weil er vor Torpedos Angst gehabt habe. Über die Flucht auf dem Landweg erzählte er nichts, bis auf eine Begebenheit. Er habe sich in Halle einfach in die Schlange der anstehenden Frauen gestellt und habe, als er endlich im Laden war, um Wurst gebettelt. Der Hunger sei größer gewesen als die Angst vor dem Verhaftet- und Erschossenwerden. Man habe ihm etwas Wurst gegeben und es sei alles gut gegangen.

Kurz nach dem Eintreffen meines Vaters erschien noch ein Deserteur. Er war der Freund einer jungen Frau, die auch als Evakuierte mit im Haus wohnte und in der Kaserne bei meinem Onkel arbeitete. Wir wussten sonst nichts über sie, meine Tante und mein Onkel schon. Eines Tages wurden der Ziehsohn meines Onkels und ich Zeugen eines Geschehens. Dieser desertierte Mann und mein Onkel gruben ein sehr tiefes quadratisches Loch mitten in der Plantage. Es wurde mit dreieckigen Zeltplanen, so wie die Soldaten sie hatten, dick ausgelegt. Sie schleppten Arme voll Gewehre heran und legten sie in die Grube. Die Gewehre wurden sorgfältig eingewickelt und dann mit Erde zugeschüttet. Die lockere Erde wurde festgestampft und die abgetragene Wiesenschicht fein säuberlich oben aufgelegt. Meine Mutter war sehr aufgeregt, als ich ihr davon erzählte. Sie schärfte mir ein, niemandem davon zu erzählen.

Anfang Mai 1945 rückten die Amerikaner ein. Als die erste Angst überwunden war, stellten wir Kinder uns an den Rand der Dorfstraße. Zum ersten Mal in meinem Leben sah ich schwarze Menschen. Viele der amerikanischen Soldaten waren schwarz, ihre weißen Zähne leuchteten. Ab und zu warfen sie den Kindern Süßigkeiten zu. Ich lutschte meinen ersten Kaugummi und schluckte ihn hinunter. Für uns Kinder war alles spannend, für die Erwachsenen nicht. Sie wurden überprüft, registriert, ihre Angaben notiert. Unser Haus wurde durchsucht, die Plantage und das Bienenhaus auch. In jede etwas locker erscheinende Erdschicht versenkten die Amerikaner lange dünne Metallstäbe und tasteten das Erdreich ab. Wir Kinder standen daneben. Die Gewehre fanden sie nicht.

Die Kasernen standen leer, die Vorratslager waren voll. Die Bevölkerung plünderte nachts die Kasernen, mein Vater auch. Meine Schwester musste mit. Sie hatte große Angst. Von unseren Verwandten bekamen wir keine Nahrung mehr, die Geschäfte waren geschlossen, es gab nichts zu kaufen. Als Beutegut besaßen wir schwarzen Tee. Er war in einem wohl halben Kubikmeter großen Holzkasten fest gepresst enthalten. Dieser Tee diente uns jahrelang als Tauschgut.

Spargel

Zu den Kasernen gehörten riesengroße Spargelfelder. Morgens um fünf Uhr ging mein Vater zum Spargelstechen, meine Schwester und ich folgten zwei, drei Stunden später. Das war herrlich. Ich wetteiferte mit meiner Schwester, wer zuerst seine Körbe voll hatte. Außer uns war niemand auf dem Feld. Einmal geriet ich in Panik. Zwei herrenlose Pferde kamen in großen Sprüngen über die Spargelhügel direkt auf mich zu. Ich sprang genauso schnell wie sie und kam rechtzeitig bei meiner Schwester an. Es waren Reitpferde, vermutlich aus einer Kaserne. Sie suchten Anschluss an Menschen und blieben bei uns eine Weile stehen.

Das Spargelfeld grenzte an einen Kiefernwald. Der sandige Boden war mit Splittergräben durchzogen. Ich entdeckte einen Unterstand. Er war mit Heidekraut überwachsen und innen mit Baumstämmen abgestützt. Natürlich kletterte ich hinein. Ich fand einen Militärmantel, unangenehm riechende grau-grüne Päckchen in der Größe eines Schulheftes und ein Buch des Schriftstellers Eugen Roth. Ich nahm alles mit. Aus dem Mantel nähte mir meine Mutter drei Jahre später eine Jacke, die Päckchen enthielten Ölfolien, die die Soldaten wohl gegen die Nässe schützen sollten, das Buch durfte ich nicht lesen, das sei nichts für Kinder. Das ärgerte mich. Meine Eltern befürchteten auch, dass im Wald Munition liegen könnte. Ich durfte deshalb nicht mehr dort spielen, wenn ich vom Spargelstechen genug hatte.

Zu Hause sortierten wir den Spargel um. Die dicksten Stangen kamen in einen besonderen Korb. Mein Vater ging damit zu Fleischer- und Bäckereien und tauschte Spargel gegen Wurst und Brot. Mittags und abends gab es bei uns Spargel, Spargelsuppe, Spargelgemüse, Spargelsalat, morgens kalte Spargelstangen auf trockenem Brot. Die jüngste meiner beiden Nichten, sie war jetzt gerade drei Jahre alt geworden, weigerte sich nach einiger Zeit, auch nur einen Happen Spargel zu essen. Mein Vater sperrte sie aus Erziehungsgründen in den Schafstall und schloss die Tür von außen ab. Sie schrie fürchterlich und plötzlich erschien ihr Gesichtchen hinter dem Drahtfenster in der Tür. Meine Nichte war an der glatten Tür irgendwie hochgeklettert. Sie brüllte drinnen, ich draußen. Mein Vater ließ die Kleine heraus. Sie musste nie wieder Spargel essen, sie bekam Brot und Wurst.

Das Bienenhaus war das Heiligtum meines Onkels. Es durfte niemand hinein. Nur ab und zu konnten wir Kinder unter seiner Aufsicht die Bienenstöcke von innen sehen. Es war auch gefährlich und wir hatten großen Respekt. Kam mein Onkel in seiner Imkerkleidung aus dem Haus heraus, fürchtete ich mich ein wenig vor ihm. Er sah so gewaltig aus, die Imkerhaube machte ihn noch größer.

Das Bienenhaus, weiß, aus Stein gebaut, die bunten Farben an den Einfluglöchern, die weißen Kirschblüten wie Sommerwolken am blauen Himmel, das ungemähte Gras unter den Bäumen und der Duft weckten in mir ein Wohlgefühl. Früher saß ich oft unter einem Kirschbaum und genoss. Es war herrlich. In diesem Mai 1945 bekam das Bienenhaus eine bedrohliche Bedeutung. Ich wusste nicht, was da vor sich ging, ich ahnte es. Abends gingen die jungen Frauen aus unserem Haus und aus der Nachbarschaft in das Bienenhaus und blieben dort bis zum Tagesanbruch. Meine Mutter und meine Tante blieben bei uns Kindern, die Männer auch. An einem Tag, es war um die Mittagszeit und ich spielte in der Plantage, hörte ich hinter der Hecke auf dem Feldweg eine Frau schreien. Durch eine Lücke sah ich, was geschah.
Ein amerikanischer Soldat lag auf der Frau und tat Schreckliches mit ihr. Jetzt wusste ich, weshalb die Frauen im Bienenhaus schliefen. Die Bienen waren ihr Schutz. Sie kamen zum Glück nie zum Einsatz.

Brennendes Flugzeug

Im Krieg waren meine Familie und ich den Bomben entkommen, wir lebten. Das war auch für mich als Kind ein bewusstes Gefühl. Und dann kam der Moment erneuter Todesangst. Es war am frühen Abend im Mai. Meine Eltern, meine Schwester und ich standen in unserem Zimmer im ersten Stock des Hauses meines Onkels am Fenster und schauten nach draußen, einfach so, vielleicht zur Erholung. Plötzlich kam von links ein kleines Flugzeug in unser Blickfeld. Wir hatten seit Kriegsende kein Flugzeug mehr gesehen. Wir waren erstaunt. Es ging alles so schnell. Eine glutrote Perlenkette schoss auf das Flugzeug zu. Es wurde getroffen und drehte in Richtung auf unser Fenster ab. Ganz dicht, zum Anfassen nahe, sauste es brennend an der Hausecke vorbei.

Sekunden später hörten wir den gewaltigen Aufprall. Das Flugzeug war hinter der Kirschplantage in das Nachbargrundstück gestürzt. Der Pilot war tot. Seine Leiche habe ich nicht gesehen. Wir Kinder durften nur das Wrack betrachten. Ein deutscher Pilot hatte sich wochenlang in einer der besetzten Kasernen von Stendal versteckt gehalten und wollte mit dem Flugzeug fliehen.

Militärbestecke

Die junge Frau, die ebenfalls als Evakuierte bei unseren Verwandten wohnte, zeigte bald ihr wahres Gesicht. Meine Mutter hatte ihr schon immer misstraut. Eines Tages sagte diese Frau zu mir, ich solle sie beim Spazierengehen ein Stück begleiten. Das kam mir komisch vor, denn sie hatte sich bisher nie um mich gekümmert. Ich wagte nicht zu widersprechen. So waren Kinder damals erzogen, „sei schön artig", hieß es immerzu. Artig hatte man Erwachsenen gegenüber zu sein. Ich mochte die Frau nicht, wusste aber, dass mein Onkel sehr zuvorkommend zu ihr war. Wir gingen schweigend einen mir unbekannten Weg entlang. Plötzlich standen wir vor einer Kaserne. Vor dem Tor stand ein amerikanischer Posten. Die Frau sprach mit ihm. Ich verstand diese Sprache nicht. Wir durften passieren. An vielen Gebäuden vorbei und über einen großen Platz führte unser Weg. Überall waren Soldaten. Die Frau führte mich in die riesenhafte Küche der Kaserne und sagte: „Siehst du, hier ist noch was zu holen, das braucht niemand mehr." Ich war sehr erschrocken. „Such dir etwas davon aus, deine Mutter wird sich freuen, wenn du ihr das bringst. Ich gehe bloß mal kurz woanders hin, es dauert nicht lange." Da stand ich nun, sie war weg. Ich sah mich in dem

kahlen Raum um. Eigentlich war hier gar nichts mehr. Ich öffnete
Schubladen. Einige Messer, Gabeln und Löffel, alle ungeordnet,
lagen darin. Sonst fand ich nichts. Ich nahm ein paar Bestecke
heraus. Was sollten wir damit? Meine Eltern besaßen bessere. Die
hier waren grau, mir kamen sie wie aus Blech vor. Ich war-tete,
die Frau kam, band mir mein Schürzchen vom Dirndlkleid ab,
schob ein Päckchen unter mein Kleid und in den Schlüpfer-rand
und band die Schürze wieder fest. „Sag nichts!" befahl sie mir.
Wir gingen den Weg zurück über den Kasernenhof. Ein Stück vor
dem Tor alberte sie mit einem Soldaten herum und schickte mich
vor. „Ich komme gleich, warte draußen an der Straßenecke auf
mich." Der Wachposten beachtete mich nicht. Ich wartete an der
befohlenen Stelle auf diese gemeine Frau, ich wusste, etwas
Gefährliches war geschehen.
Sie kam kurze Zeit nach mir. Als wir einen einsamen Weg
entlanggingen, sagte sie zu mir: „Bleib mal stehen, das wird zu
schwer für dich." Sie holte den hellbraunen Briefumschlag aus
meiner Kleidung heraus und steckte ihn unter ihre Jacke. Die
Bestecke nahm sie nicht aus meinen Händen.

Zu Hause erzählte ich meinen Eltern und meiner Schwester, was
geschehen war. Ich beschrieb auch den Weg zu der Kaserne. Ja,
es war die Kaserne, in der mein Onkel Zahlmeister gewesen war.
Mein Vater tobte, er wollte die Frau zur Rede stellen, seinen Bruder auch. Meine Mutter hielt ihn zurück. Es war nicht mehr zu
ändern, mir war nichts passiert. Die Erwachsenen spekulierten
darüber, was wohl in diesem Briefumschlag gewesen sein könnte.
Sollten belastende Papiere vernichtet werden? War der Bruder
meines Vaters doch in der Partei gewesen? Wir hatten nie ein
Parteiabzeichen bei ihm gesehen. Auch hatte er nie, jedenfalls
nicht im Haus, wenn Besucher kamen, mit „Heil Hitler" gegrüßt,
sondern alle sagten „Guten Tag".

Meinen Eltern fiel jetzt erst auf, dass die reifen Kirschen immer von vielen jungen Mädchen gepflückt wurden. Diese Mädchen leisteten ihr Pflichtjahr ab und sie wurden nur von der Partei in Arbeitsstellen eingewiesen. Viele Bauern bekamen keine Mädchen mehr zugewiesen. War mein Onkel also doch Parteimitglied gewesen? – Wieder einmal wurde mir gesagt: „Erzähl niemandem davon, hörst du!"
Ein Messer aus der Kaserne besitze ich noch heute und benutze es beim Camping. Es erinnert mich an diese Zeit.

Eine Flasche Saft

Im Keller des Hauses lagerten viele Flaschen Kirschsaft. Vielleicht waren es hundert, vielleicht auch mehrere hundert. Das konnte ich als Kind nicht abschätzen. Auf jeden Fall waren die Regale an den Wänden davon voll und Staub bedeckte die grünen Flaschen. Den Schlüssel zu den Vorratskellern verwaltete meine Tante. Sie trug ihn an ihrem dicken Schlüsselbund immer bei sich. Eines Tages klingelte es an der Haustür. Ich war gerade im Treppenflur und öffnete. Eine Frau stand draußen. Sie sprach komisch, sie war nicht von hier. Mein Onkel kam. Groß und breit stand er in der Türöffnung. Die Frau entschuldigte sich mehrmals wegen der Störung, aber sie sei in großer Not. Ihre kleine Tochter habe hohes Fieber. Die Frau, bei der sie beide einquartiert seien, habe ihr empfohlen, im Haus in der Kirschplantage um eine Flasche Saft zu bitten. Ihr Kind nehme keinerlei Nahrung mehr zu sich und sie habe große Angst, dass es sterben könnte. Mein Onkel hörte sich die Bitte der Frau an und sagte: „Gib ihr Wasser zu saufen!" Er schlug die Tür zu.

Ende der Evakuierung

Mit ihrem Fahrrad war meine Schwester mehrfach nach Magdeburg gefahren. Sie hatte sogar vor Ende des Krieges die Fahrt gewagt, um zu sehen, ob unsere Häuser noch standen. Sie standen. In ihrer Wohnung war eine Familie einquartiert worden. Diese Familie betrachtete nicht nur die Wohnung als ihr Eigentum, sondern auch sämtliches Inventar. Sie waren Mitglieder der Partei. Erst nach dem Zusammenbruch erreichte meine Schwester bei einer Behörde die Genehmigung, mit ihren Kindern wieder in ihre Wohnung einzuziehen.

Wir wollten nach Hause. Das ging aber nicht so einfach, es fuhren nur wenige Züge. Die waren überfüllt, die Menschen saßen auf den Dächern und standen auf den Puffern. Eine Fahrt mit dem Zug war für uns unmöglich. Endlich schaffte es mein Vater, einen Lastkraftwagen aufzutreiben, der eine Fuhre nach Magdeburg zu schaffen hatte. Oben auf dem Anhänger saßen wir Kinder. Ich musste auf die Kleinen aufpassen, dass sie nicht hinunter fielen. Mein Vater konnte im Führerhaus mitfahren, meine Schwester und meine Mutter saßen auf der Zugmaschine hinter dem Führerhaus. Plötzlich vermisste meine jüngste Nichte ihre Mutter. Sie dachte, sie sei in Stendal geblieben. Sie schrie und strampelte in meinen Armen, meine Kraft reichte bis Magdeburg. Erst dort hielt der Fahrer an.

Unser Haus hatte keine Pappen mehr vor den Fenstern, die hatte man uns gestohlen. Das Haus war also vollkommen offen. Nichts fehlte, obwohl die Not vieler Menschen so groß war. Für uns begann ein völlig anderes Leben.
Die Häuser an der Endhaltestelle der Straßenbahn waren zu Ruinen zerschossen worden, weil Jungen im Alter von 14 bis 16

Jahren Deutschland retten wollten. Mehrere Tage lang hatten sie den Häuserblock besetzt und aus den Fenstern auf die amerikanischen Soldaten gefeuert. Sie waren nicht zur Aufgabe bereit. Schließlich nahmen die Amerikaner die Jungen unter Beschuss. Die Kinder gaben trotzdem nicht auf. Es blieben nur wenige von ihnen am Leben. In einem dieser Häuser hatte eine Tante meiner Mutter gewohnt. Sie zog bei uns ein, ich musste mein Zimmer räumen. Es dauerte über ein Jahr, bis der Häuserblock an der Endhaltestelle der Linie 3 wieder aufgebaut war.

Zwischen unserem Wohngebiet, der Siedlung Reform, und Lemsdorf, einer kleinen Ortschaft vor den Toren Magdeburgs, war ein großes Barackenlager für Zwangsarbeiter. Wir waren oft die Straße entlanggegangen, die dicht an den Baracken vorbeiführte. Hinter dem Stacheldrahtzaun waren die blinden Fenster dieser Behausungen. Bindfäden waren außen davor gespannt. Graubraune Lumpenwäsche war zum Trocknen aufgehängt. Menschen sahen wir nie. Sie mussten tagsüber in den Fabriken der Stadt arbeiten. Nach dem Zusammenbruch kümmerte sich niemand um diese armen Menschen, weder die Amerikaner noch die Deutschen. Sie wurden einfach vergessen. Um nicht zu verhungern, zogen Gruppen von ihnen nachts zum Plündern aus. Sie drangen in Wohnhäuser ein und stahlen Nahrung und Kleidung.

Die Bevölkerung hatte ein Warnsystem entwickelt. Alle Menschen schliefen mit zwei Topfdeckeln im Bett. Kamen in ein Haus Plünderer, wurden die Deckel aneinander geschlagen. Wer es hörte, nahm seine Deckel und stimmte in das Konzert mit ein. Es entstand ein ohrenbetäubender Lärm.

Ein paar Monate nach Kriegsende löste die russische Besatzung die amerikanische auf der linken Elbseite ab. Eine lähmende Angst herrschte in der Bevölkerung. Jetzt kam der Untergang! Fliehen war nicht mehr möglich. Wir warteten tagelang in Angst. Dann zogen die russischen Soldaten über die Leipziger Chaussee in unser Wohngebiet ein. Sie hatten nur wenige Kraftfahrzeuge, sie fuhren hauptsächlich in Wagen, die von einem Pferd gezogen wurden und ein halbrundes Stoffdach über sich hatten, die sogenannten Panjewagen. Ich sah zerlumpte Gestalten in unsere Stadt einziehen, erschöpft, hungrig, aber voller Stolz und Siegesfreude. Ihre Herrschaft begann.

Quartiersuche

Es zogen immer mehr russische Soldaten in die Stadt ein. Sie brauchten Unterkünfte. In der Innenstadt gab es kaum noch heile Gebäude. In den Wohngebieten, die einigermaßen von den Bomben verschont geblieben waren, wurden ganze Straßenzüge von den Bewohnern geräumt. Sie mussten innerhalb von wenigen Stunden ihre Wohnungen verlassen und durften nur Handgepäck mitnehmen. Die russischen Soldaten brauchten auch Betten und Möbel zum Leben.

Es waren erst wenige Wochen nach Einzug der russischen Armee in Magdeburg vergangen, als ich auf der Straße hörte, dass eine Abordnung der Kommandantur unterwegs sei, um Wohnungen in unserer Siedlung für ihre Soldaten auf ihre Brauchbarkeit hin zu prüfen. Ich lief sofort nach Hause. Mein Vater, er hatte noch keine Arbeit, holte sofort den Handwagen aus dem Stall und begann, Matratzen, Betten und wichtige Gebrauchsgegenstände zu verladen. Waren die Russen erst einmal in unserer Straße, hätten wir nur einige Koffer voll Wäsche und Kleidung mitnehmen können. Meine Mutter packte Koffer. Ich half meinem Vater, wurde von ihm aber immer wieder auf die Straße geschickt, um zu gucken, ob unsere Straße schon dran sei. Alle Nachbarn schleppten Gegenstände aus den Häusern. Wir wollten mit unserem Handwagen in die Gartenkolonie ziehen, in der meine Schwester einen Schrebergarten besaß. Die Laube war geräumig und stabil. Dort hätten wir bis zum Winter bleiben können.

Unsere Siedlung bestand aus einstöckigen kleinen Reihenhäusern mit Gärten, die angrenzende Siedlung aus freistehenden Einfamilienhäusern. In ihnen war viel mehr Raum als bei uns. Das entdeckten auch die Russen.
Wir konnten bleiben, die Bewohner der luxuriöseren Häuser mussten innerhalb einer Stunde ihre nötigsten Sachen packen und gehen. Doch wohin? Magdeburg war ein Trümmerhaufen.

Hausdurchsuchungen

Plötzlich waren Menschen aus der Nachbarschaft verschwunden. Einige hatte man abgeholt, andere hielten sich irgendwo versteckt. Ich musste miterleben, wie ein junger Mann an den Armen aus einem Haus gezerrt wurde. Er wehrte sich. In aller Munde war das Wort „Sibirien". Unserem Nachbarn, dem Blockwart, passierte nichts. Er blieb unbehelligt, aber niemand sprach mit ihm, viele über ihn.

Eines Abends klingelte es bei uns. Mein Vater öffnete. Es stand ein russischer Offizier vor der Tür. Er grüßte höflich in deutscher Sprache und sagte, dass er einige Fragen stellen und unser Haus durchsuchen müsse. Mein Vater stammte aus Kirn und erkannte den pfälzer Dialekt, den der Mann in der russischen Uniform sprach. Er sagte es ihm auf den Kopf zu. Ich stand hinter meinem Vater und sah, wie das Gesicht des Offiziers sich aufhellte und ein breites Lächeln Freude ausstrahlte. Der Offizier reichte meinem Vater die Hand und mein Vater bat ihn ins Haus. Beide saßen im Wohnzimmer am Tisch und redeten über Vergangenes und Gegenwärtiges. Unser Haus wurde nicht durchsucht. Meine Mutter aber, die den Ablauf des Geschehens nicht gleich mitbekommen hatte, war in Panik geraten und hatte ihren Schmuck, darunter auch ihren goldenen Kneifer, in eine Öffnung des Schonsteins geworfen. Später holte sie den Schmuck aus der Rußöffnung im Keller wieder heraus, den Kneifer fand sie nie mehr. Er war am Mauerwerk hängen geblieben. Jetzt konnte sie nur ihre Brille aufsetzen.

Hunger

Die Bevölkerung erhielt Lebensmittelmarken. Es gab fünf verschiedene Gruppen. Schwerstarbeiter und Kinder erhielten eine größere Zuteilung als andere Menschen. Mein Vater hatte eine Arbeit bekommen und war als Schwerstarbeiter eingestuft. Meine Mutter war Hausfrau und bekam erschreckend wenig. Es war alles wenig, fünf bis zehn Gramm Fett, ebenso Fleisch. Alle zehn Tage, die Zuteilung der Lebensmittel ging nach Dekaden, stand in der Zeitung, welches Fett es auf Marken gab. Sehr unbeliebt war Rindertalg. Jeden Tag wog meine Mutter die Brotscheiben ab, die jeder bekam, mein Vater drei, ich zwei, sie eine. Für alles Essen musste man stundenlang anstehen. War man nicht rechtzeitig vor dem Geschäft erschienen und die Schlange der Wartenden reichte schon um die nächste Straßenecke, konnte es passieren, dass man von der Zuteilung nichts mehr bekam. Das

Anstehen war für alle Menschen eine Last. Schwangere Frauen hatten das Recht, sich vorne in die Schlange einzureihen. Diesen Vorteil nutzten manche Frauen zum Betrug. Sie polsterten sich den Bauch aus und drängten sich so vor. Wurden sie entdeckt, kam es zu lautstarken, oft wüsten Auseinandersetzungen. Einmal habe ich gesehen, wie eine Frau einer anderen an den Bauch fasste und ein Kissen entdeckte. Sie riss der Betrügerin den Rock hoch, zog das Kissen heraus und ohrfeigte sie. Es ging nicht nur um die Wartezeit in der Schlange, sondern auch darum, ob man von der Lieferung noch etwas abbekam. Man konnte nicht in einem anderen Geschäft einkaufen, denn jeder war bei einem bestimmten Bäcker, bei einem bestimmten Fleischer, bei einem bestimmten Lebensmittelgeschäft eingetragen. Das Anstehen war meine Aufgabe. Ich stand im Regen, ich stand bei Hitze, ich stand im Winter mit Stoffschuhen bei bitterer Kälte vor den Geschäften. So ging das jahrelang. Ich hatte genug davon.

Einmal, zu dieser Zeit waren die Bestimmungen schon lockerer geworden und man konnte bestimmte Produkte in jedem Geschäft kaufen, stellte ich mich nicht an, sondern spielte auf der Straße. Als die Zeit des Anstehens nach meiner Einschätzung verstrichen war, ging ich nach Hause und sagte meiner Mutter, dass die Verkäuferin gesagt habe, sie könne mir keine Kartoffeln geben, weil wir bei ihnen nicht eingetragen seien. Meine Mutter war empört und ging schnurstracks mit mir an der Hand in das Geschäft. Dort war mittlerweile keine Kundschaft mehr, denn die Kartoffeln waren alle. Meine Mutter stellte die Verkäuferin zur Rede. Es war furchtbar. Ich habe nicht die Wahrheit zugegeben. So schmerzhaft ist für mich nie wieder eine Lüge gewesen.

In dem ersten Nachkriegsjahr ist die Hungersnot für unsere Familie am schlimmsten gewesen. Wir waren im Sommer zurück nach Hause gekommen und es war für eine Aussaat von Mohrrüben, Erbsen, Bohnen und anderem Gemüse viel zu spät. Im Garten und auf unserem Bauplatz, einem Grundstück, auf dem mein Vater für uns ein Haus hatte bauen wollen, der Krieg hatte es aber verhindert, wuchs nur Unkraut und wir mussten ausschließlich von unseren Zuteilungen auf Lebensmittelmarken leben. Meine Mutter magerte bis auf 95 Pfund ab, sie gab mir von ihrer Ration täglich etwas ab.

Wie fast alle Familien begann mein Vater mit der Kaninchenzucht. Bei uns lebten die Tiere im Wirtschaftsgebäude unseres Hauses, dem Stall. Andere Familien hatten Kaninchen im Keller, auf dem Balkon, im Dachgeschoss oder sogar in abbruchreifen Häusern. Die Kaninchen in den Schrebergärten wurden gestohlen, dort konnte man sie deshalb nicht halten.

Sehr viele Menschen sammelten Kaninchenfutter. Das war auch meine Aufgabe, wenn ich nicht gerade vor Geschäften anstand. In all den schlechten Jahren hatten wir ungefähr 50 Kaninchen zum Schlachten, zehn für die Zucht. Da wurde jede Menge Grünzeug gebraucht. Für den Winter musste Heu gemacht werden. Ich war jeden Tag unterwegs und rupfte Gras. Melde, eine Trümmerpflanze, fraßen die Kaninchen nicht, zu meinem Leidwesen, denn davon gab es genug. Das Gras der Elbwiesen wollten sie auch nicht, sie rochen daran und ließen es liegen. Wahrscheinlich war es für die Tiere schädlich.
Bald gab es nirgendwo mehr Grünfutter zu finden, zu viele Menschen rupften oder sichelten es ab. Gemeinsam mit Kindern aus der Nachbarschaft fuhr ich weite Strecken mit der Straßenbahn bis zur Stadtgrenze, um meinen für mich viel zu großen Rucksack mit Kaninchenfutter vollzukriegen. Es war wirklich Schwerstarbeit geworden. Außerdem war es gefährlich.

Meine Freundin und ich waren in ein Ausflugsgebiet zum Futtersuchen gefahren. Dort gab es noch Löwenzahn, Wegerich, Disteln und Gras. Das Gebiet war vollkommen menschenleer. Wir sammelten, freuten uns über das frische Grün. Wir durften den Rucksack nicht zu voll stopfen, nicht das Futter pressen, sonst fing es auf dem Weg an zu gären. Die Pflanzen können so heiß werden, dass sie dampfen, wenn man sie ausschüttet. Unsere Rucksäcke waren voll. Glücklich machten wir uns auf den Heimweg. Wir hörten Geräusche hinter uns. Es waren zwei junge Russen. Wir liefen, die Russen auch. Ihr Abstand zu uns wurde immer geringer. Im Rennen warfen wir unsere Rucksäcke ab. So schnell wie damals bin ich in meinem ganzen Leben nie wieder gerannt.

Wie lange wir um unser Leben gelaufen sind, konnte ich nicht sagen, die Angst hat diese Wahrnehmung aufgefressen. Plötzlich, wie aus dem Nichts, standen ein Mann und eine Frau vor uns. Wir stürzten in ihre Arme. Die Russen verschwanden. Auf Vergewaltigung stand Erschießen. Als unser Atem sich beruhigte, fielen uns unsere Rucksäcke ein. Ein Rucksack war zu dieser Zeit etwas unbeschreiblich Wertvolles. Jetzt waren sie weg. Wir fingen an zu weinen. Das Ehepaar beruhigte uns und bot uns an, mit uns gemeinsam nach den Rucksäcken zu suchen. Wir fanden sie.

Einer anderen Freundin von mir war etwa zur gleichen Zeit auch Schreckliches bei der Futtersuche passiert. Sie war allerdings nicht allein gewesen, sondern suchte gemeinsam mit ihrer Mutter nach Fressbarem. Es geschah auf dem stillgelegten kleinen Flughafen von Magdeburg, nicht allzu weit von unserem Wohngebiet entfernt. Die Mutter meiner Freundin wurde von einem Mann überwältigt und vergewaltigt. Meine Freundin rannte zu ihrer Mutter, ergriff die weggeworfene Sichel und schlug sie in das nackte Hinterteil des Mannes. Die Sichel blieb stecken. Mutter und Tochter konnten fliehen.

Von diesem Zeitpunkt an war allen Kindern in der Straße das Sammeln von Futter in einsamen Gebieten verboten. Das war natürlich ein Problem. Mein Vater ging nachts auf die Äcker und stahl Feldfrüchte. Jetzt waren die Feldhüter eine Gefahr. Sie schossen scharf, wenn sie einen Dieb entdeckten.

Stoppeln

Tausende von Menschen gingen auf die abgeernteten Getreidefelder. Schon ganz früh morgens saßen sie am Wegesrand und warteten oft stundenlang, dass der Feldhüter das Stoppelfeld freigab. Dann ging es los. Mit Bienenfleiß wurden die Ähren in die Beutelschürze gesammelt, schnell, schnell, sonst bekam man nicht genug. Nach knapp einer Stunde war das Feld abgesucht, nicht eine Ähre lag mehr zwischen den Stoppeln. Einmal kamen wir zu spät. Meine Mutter und ich waren die gut zehn Kilometer bis zum Feld gelaufen, leider nicht früh genug am Morgen losgegangen. Alle Ähren waren weg. Es funktionierte eine Mund- zu Mundinformation, in welchem Gebiet und an welchem Tag ein Weizen- oder Roggenfeld abgeerntet werden sollte. Gerste ging auch, Hafer sammelten wir nur, wenn es gar nichts anderes gab. Er ließ sich schlecht dreschen, die Spelzen blieben dran.
Da standen wir nun. Alle Weizenähren waren aufgesammelt. Wir gingen trotzdem durch die Stoppelreihen, ich barfuß. Meine Füße waren ständig zerstochen und voller Blutkrusten.
Das war egal, Hauptsache, unser Rucksack wurde voll, dann waren wir glücklich.

An diesem Tag fanden wir trotz langem Suchen nicht eine einzige Ähre. Auf einem kleinen Platz, vielleicht hatte dort eine Garbe gestanden oder der Ackerwagen war über die Ähren gefahren, lagen viele einzelne Körner. Wir sammelten sie auf. Es wurde eine Mahlzeit.

Ich beneidete die großen Jungen. Sie gruben Hamsterbauten auf und nahmen den Tieren ihre Wintervorräte weg. Einige Jungen prahlten damit, dass sie schon ganz viele Hamster mit dem Spaten erschlagen hätten. Man müsse flink sein, sonst könne man die Viecher nicht erwischen. Fast jeden Tag stünde bei ihnen Hamsterbraten auf dem Tisch und der schmecke so lecker. Uns Mädchen lief das Wasser im Mund zusammen, wir haben aber nie erfahren, wie viele Hamster sie wirklich mit ihren Spaten erschlagen hatten.

Meine Freundin fing Spatzen. Auf ihrem Hof hatte die Mutter einen flachen Kasten hingestellt. Die Klappe war mit feinmaschigem Draht bespannt und stand auf einen Stock gestützt offen. An der Klappe war ein Band befestigt. In dem Kasten lagen Getreidekörner. Entweder meine Freundin Ingrid oder eine ihrer zwei Schwestern musste stundenlang hinter dem Kellerfenster stehen und an dem Band ziehen, wenn ein oder mehrere Spatzen in den Kasten geflogen waren und fraßen. Die Mutter meiner Freundin fing geschickt die Vögel in der Falle und drehte ihnen den Hals um. Ich konnte nicht hinsehen.

Einmal schwammen dreißig Spatzen in einer Nudelsuppe. Ich wurde zum Essen eingeladen, habe aber abgelehnt. Der nackte Spatzenkörper ist so klein, dass man nicht einmal die Gedärme herausnehmen kann.

Im Spätherbst buddelten meine Eltern auf abgeernteten Kartoffeläckern. Das war mühsam und schwer, für mich als Kind nicht zu leisten.

Katzenbraten

Einmal standen meine Mutter und meine Schwester am Küchentisch über ein abgezogenes Tier gebeugt. Ich kam dazu und hörte sie sagen: „Das ist eine Katze! Pfui Teufel." – „Es könnte auch ein Hund sein." – „Glaube ich nicht, der sieht anders aus." – „Wenn nur der Kopf noch dran wäre, dann wüssten wir es." – „Wollen wir es trotzdem kochen? Es riecht noch frisch und Fleisch ist Fleisch." Auf Zeitungspapier mit russischen Buchstaben lag ein abgezogenes, ausgenommenes Tier. Es sollte ein Kaninchen sein, war es aber garantiert nicht. Ein Kaninchen hatte nicht so einen langen Schwanz.

Meine Mutter und meine Schwester entschieden schließlich: „Wir essen es nicht." Dieses geschlachtete Tier hatte meine Schwester als Machelohn für das Nähen mehrerer Büstenhalter bekommen. Die Kundinnen waren Russinnen aus der Armee. Meine Schwester wollte nicht für Russen nähen, sie hatte Angst vor ihnen. Sie sollte auch mit ihnen feiern, das wollte sie schon gar nicht. Sie hatte aber auch Angst, die Aufträge abzulehnen, denn Russen konnten nach Wodkagenuss unberechenbar reagieren. Die beste Freundin meiner Schwester hatte die Russinnen einfach mitgebracht und sie miteinander bekannt gemacht. Jetzt wussten die Frauen, sie waren alle im Offiziersrang, wo meine Schwester wohnte. Sie kamen immer mit einer Alkoholfahne zur Anprobe. Das war nicht vertrauenserweckend. Ihre Männer oder Freunde begleiteten sie manchmal und saßen lärmend im Zimmer.

Meine Schwester wollte diese Kundinnen loswerden, traute sich jedoch nicht, es den Russinnen zu sagen. Ihre Freundin versuchte sie zu beruhigen. Sie habe durch ihren Vater ständigen Kontakt zu ihnen, die Frauen seien in Ordnung, ihr Temperament sei nur so, eben russisch. Ihr Vater arbeite in seiner ehemaligen Druckerei für sie, er sei jetzt der Direktor und kenne diese Russinnen auch gut. Als meine Schwester dann endlich eine Arbeit in der Fabrik bekam, war sie diese Kundinnen los. Das abgezogene Tier ohne Kopf mit dem zu langen Schwanz, als dass es ein Kaninchen hätte sein können, fand eine Großtante von mir gar nicht ekelig. Sie steckte es in den Kochtopf.

Essbares

Wir Kinder in unserer Straße entdeckten, was man alles essen kann. Es gibt so viele Pflanzen, die gut schmecken und nicht giftig sind. Ein Kind zeigte sie einem anderen Kind, die Namen kannten wir oft nicht. Wir aßen die Blüten der Akazien, und zwar so viel, bis uns ganz übel im Magen wurde. Meine Mutter versuchte, davon Saft zu kochen. Der schmeckte nicht.

Im Hopfengarten, einer Siedlung in unserer Nähe, war die Hauptstraße beiderseits mit Linden bepflanzt. Ihre Blüten waren sehr begehrt, konnte man doch ein Jahr lang davon Tee kochen. Hauptsächlich Kinder pflückten die Blüten. Auch von weit her kamen sie mit ihren Stehleitern, Taschen und Körben. Ich pflückte auch, es machte Spaß.

Die Beeren vom Weißdorn, wir nannten sie Müllersbrote, aßen wir an Ort und Stelle, Hagebutten auch und Sauerklee. Wir lutschten den Nektar von vielen Blumen aus und aßen die Herzchen vom Hirtentäschel.

Das alles war sehr gesund, aber nicht das Innere der Aprikosenkerne. In den Gärten wuchsen überall Aprikosenbäume und dementsprechend lagen viele abgelutschte Kerne auf der Straße. Wir Kinder knackten sie mit einem Stein auf dem Pflaster auf und aßen die weiche Mandel. Wir aßen viele davon, alle die wir fanden. Meine Mutter verbot es mir, es sei sehr gefährlich. Man

wisse nicht, wer den Kern schon im Mund gehabt habe und außerdem sei in der Mandel Blausäure. Ich knackte weiter.
Wir aßen unreifes Fallobst, sogar grüne Kirschen und blaugrüne Pflaumen. Die rollten wir an einer Hauswand weich. Wir waren nie satt. Oft hatte ich solchen Hunger, dass ich Magensäure erbrechen musste.
Meine Mutter tröstete mich, indem sie sagte: „Im ersten Weltkrieg war der Hunger noch viel größer."

Fehlende Arbeit

Die Menschen kämpften nicht nur um Nahrungsmittel, Kleidung, Brennmaterial, sondern auch um Arbeitsplätze. Die Industrie war zerstört. Mein Vater hatte das Glück, nach kurzer Zeit eine Beschäftigung zu finden.
Er baute eine Fabrik in Magdeburg/Rothensee aus den Trümmern mit auf, sie hieß wohl Brawak. Alle Maschinen wurden von dem Schutt befreit und instand gesetzt. Als die Fabrik wieder funktionsfähig war, mussten die Arbeiter die Produktionsmittel zerlegen und verpacken. Alles, bis auf die letzte Schraube, wurde in die Sowjetunion geschickt, ebenso wie jedes zweite Bahngleis in der sowjetisch besetzten Zone.

Mein Vater hatte wieder Glück, er bekam eine neue Arbeitsstelle bei der ehemaligen Firma Krupp. Dieses riesige Werk hieß jetzt Ernst-Thälmann-Werk. Meine Schwester erhielt im gleichen Werk eine Anstellung. Sie war gelernte Schneiderin und fuhr jetzt einen Kran, fünfzehn Meter hoch über dem Boden, in einer der Produktionshallen. Sie bewegte zentimetergenau tonnenschweres Gerät. Diese Arbeit passte so gar nicht zu meiner sanften Schwester, aber sie musste ihre zwei Kinder ernähren. Ihr Mann war in Russland vermisst und blieb es sechs Jahre lang. Die Trümmerfrauen hatten es noch viel schwerer.

Meine Mutter nähte wieder für ihre Kundinnen. Aus zwei oder drei alten Kleidern zauberte sie ein neues. Das Motto hieß überall: „Aus alt macht neu". Nähgarn war Mangelware. Entweder man hatte noch Restbestände oder man musste es auf dem Schwarzmarkt besorgen. Wir gingen nie in die Bahnhof-straße, in der neben dem Bahndamm der Handel florierte. Von weitem haben meine Mutter und ich einmal gesehen, wie eine Razzia durchgeführt und Menschen auf offenen Lastkraftwagen abtransportiert wurden. Das wollten wir nicht selbst erleben, es war viel zu gefährlich.

Die Kinder meiner Schwester waren tagsüber bei uns im Haus. Ich war für sie sehr oft verantwortlich und schleppte die Kleinen überall mit hin. Das war neben meiner Arbeit für die Kaninchen, der Gartenarbeit und dem Schlangestehen fast zu viel. Ich wollte auch meine Freiheit haben. Dann kam ein Gefühl der Wut in mir auf. Ich wollte mich abreagieren und spielte ihnen „Die Tante aus Amerika" vor. Das ging natürlich nur, wenn wir allein im Haus waren. Ich schickte sie für eine Weile in ein anderes Zimmer und verkleidete mich als alte Frau im Spitzenkleid mit Schleierhut und langen Handschuhen. Ich setzte mich vornehm auf einen Stuhl und rief die Mädchen mit verstellter Stimme ins Zimmer. Sie fürchteten sich vor mir. Ich hatte meinen Spaß. Welch eine Gemeinheit!
Zum Glück war ich sonst ganz lieb zu meinen Nichten.

Eisige Zeiten

Nach Kriegsende waren die Winter sehr kalt, besonders in den Jahren 47, 48 und 49. Viele Menschen erfroren in ihren Behausungen. Brennmaterial war äußerst knapp. Meine Eltern setzten ihr Leben aufs Spiel für etwas Wärme und die Möglichkeit, dass wir kochen konnten. Strom und Gas waren rationiert. Es gab äußerst wenig davon.

Ein Bekannter überredete meine Mutter, mit ihm gemeinsam in die Ruinen zu klettern, um Balken zu holen. Die Häuserreste waren alle einsturzgefährdet, die Treppenhäuser ragten bizarr in die Luft. Meine Mutter und der Bekannte waren beide das Gegenteil von sportlich. Trotzdem zogen sie mit dem Handwagen in die Innenstadt von Magdeburg, in die graue Trümmerwüste. Schwarze angekohlte Balken, Türen und auch Möbelreste brachten sie nach Hause. Mein Vater war gegen diese gefährliche Aktion, er verbot es meiner Mutter, aber sie zog immer wieder los. Einmal muss sie oder der Bekannte in eine sehr gefährliche Situation geraten sein. Beide holten von da an kein Holz mehr. Was geschehen war, erzählte meine Mutter nicht. Es muss also schlimm gewesen sein.

Mein Vater verlangte von meiner Mutter, dass sie ihm zwei schlauchartige Beutel aus Drillichstoff nähte, oben sollten an jedem Beutel zwei breite, lange Bänder befestigt sein. Er überwachte den Nähvorgang, gab Anweisungen, meine Mutter wunderte sich und ich war äußerst neugierig. Den Zweck der Beutel erfuhren wir nicht.
Nach ein paar Tagen holte mein Vater eine Kohlenschütte voll Anthrazit aus dem Keller und heizte unseren Küchenofen. Dieser

Brennstoff gibt die größte Hitze ab, viel mehr als Braunkohle, Briketts oder Holz. Unsere Küche wurde mollig warm.

Jetzt weihte mein Vater uns ein. Er stahl auf dem Fabrikgelände das Anthrazit, die gefüllten Beutel hängte er sich kreuzweise über die Schultern und verbarg sie unter seiner Arbeitskleidung.

So verließ er durch die bewachte Pförtnerloge das Ernst-Thälmann-Werk.

Wochenlang brachte er fast jeden Tag Anthrazit mit nach Hause.

Bald trieb mein Vater es noch gefährlicher. Er hatte sich in einem Werksbüro den Erlaubnisschein zum Mistsammeln geholt. Material wurde noch jahrelang von Pferdefuhrwerken transportiert. Auf dem großen Werksgelände lagen viele Pferdeäpfel herum und die brauchten wir zum Düngen unserer Beete. Mehrmals in der Woche zog mein Vater nun mit dem Handwagen in die Fabrik. Nach Dienstschluss sammelte er Mist. Die Pförtner gewöhnten sich an den Anblick: alter Mann, nicht gewaschen, in schmutziger Arbeitskleidung, Mist im Wagen. Die Pförtner und mein Vater freundeten sich an, rauchten ab und zu auch ein Pfeifchen zusammen. Sie bekamen von dem Tabak etwas ab, der in unserem Garten gewachsen, von mir zum Trocknen aufgefädelt, von meinem Vater fermentiert und von mir geschnitten war. Diese Vertraulichkeit zu den Pförtnern war beabsichtigt.

Mein Vater wurde dreist. Die Kohlenstücke in den Beuteln reichten ihm nicht mehr. Er baute in den Handwagen einen doppelten Boden ein. Unter dem Mist in dem Hohlraum versteckte er sein Diebesgut. Es ging eine Weile gut. An einem Tag kam mein Vater viel später nach Hause. So aufgelöst hatte ich ihn bisher noch nie gesehen. Er kam mit seinem Handwagen den Gartenweg heraufgezogen und ließ ihn vor dem Hof stehen. Sonst lud er ihn immer im Garten auf dem Misthaufen ab. Er setzte sich mit der schmutzigen Arbeitskleidung in seinen Armsessel und stützte den Kopf in die Hände. „Ich musste meinen Mist ausladen. Beim Pförtner haben Sicherheitsleute auf mich gewartet", sagte er. Meine Mutter schrie. „Nein, nein, ist noch mal alles gut gegangen", beruhigte uns mein Vater. Er erzählte dann, immer noch sehr aufgeregt, dass er in letzter Minute, er sei schon auf dem Weg zum Ausgang gewesen, von einem Arbeiter gewarnt worden sei. Er habe die Kohle noch ausladen können, kein Krümel sei im Wagen geblieben. Ich hatte in Gedanken den Abtransport meines Vaters nach Sibirien durchlebt. Mein Vater brachte keine Kohlen mehr nach Hause. Wir froren.

In anderen Familien fror man auch. Wer größere Söhne hatte, so etwa ab zwölf Jahren, schickte sie auf die Bahngleise. Manche Frauen gingen auch mit, Männer waren selten, zum einen, weil die meisten noch in Gefangenschaft oder tot waren, zum anderen, weil Männer, die schon eine Arbeit gefunden hatten, die Entlassung aus der Firma und eine Verhaftung fürchteten. Die Bevölkerung wusste immer, auf welcher Bahnstrecke Züge, beladen mit Kohle, langsam fuhren oder sogar halten mussten. Nachts ging das Kohlenklauen los.
In unserer Straße gab es auch zwei Jungen, die in vielen Nächten mit ihren Säcken aus den Häusern schlichen. Ich hätte so gerne mitgemacht, hatte aber keine Chance, meine Eltern verboten es strikt. Die Jungen hatten mich auch ausgelacht und gesagt: „Du kommst noch nicht mal auf einen Wagon rauf, du bist viel zu klein. Und du kannst höchsten drei Briketts schleppen." Das traf mich sehr. „Ich sammle die Kohlen ein, die ihr runterwerft", bettelte ich weiter. Ich wollte auch bewundert werden. Bei uns Kindern war es ein Spiel mit der Gefahr, Abenteuerträume. Aber immer, wenn wir kleineren Kinder wussten, dass die großen Jungen wieder zum Kohlenklauen unterwegs gewesen waren,

warteten wir morgens, bevor wir zur Schule gingen, in der Nähe ihrer Häuser. Wir waren froh, wenn sie herauskamen. Man hatte sie nicht erwischt, es war ihnen auch nichts passiert.

Sehr oft stand in der Zeitung, dass wieder ein oder mehrere Jungen Beine oder Arme verloren hätten oder gar vom Zug überrollt und getötet worden seien.

Schattenspiele

Abends, wenn es dunkel wurde, saßen wir Kinder aus unserer Straße auf einer niedrigen Mauer, die einen Vorgarten begrenzte. Wir starrten auf ein dunkles Fenster im gegenüberliegenden Haus. Das Fenster war mit einem Bettlaken verhangen. Wir konnten es kaum erwarten, bis in dem Zimmer ein mattes Licht angeknipst wurde. Ein Hund erschien, ein Eichhörnchen oder ein Teufel, phantasievolle Schattenfiguren wirbelten über das Bettlaken. Wir waren so begeistert und klatschten in die Hände. Es war wundervoll. Die Figuren wurden von einem Mann mit den Händen auf die Bettlakenbühne gezaubert. Er ließ Vögel von einer Seite zur anderen flattern, ein böser Wolf kam angeschlichen und der Teufel drohte uns mit seinem Dreizack. Gestalten, deren Bedeutung wir uns selbst ausdenken mussten, tanzten, hüpften oder schlichen über das Fenster. Der Mann hinter der Scheibe und dem Bettlaken hatte so bewegliche Hände, er schickte durch sie die Freude in unsere Kinderherzen. Den Mann selbst haben wir nie gesehen, seine Beine waren amputiert. Er verbrachte den ganzen Tag im Rollstuhl und kam nie auf die Straße. Er hat nicht mehr lange gelebt. Das Theaterspiel war vorbei. Danke. Es war so schön.

Wiederaufnahme des Schulbeginns

Alle Eltern unseres Wohngebietes erhielten Ende September die Aufforderung, sich mit ihren Kindern am Morgen des 1. Oktober im Fermersleber Weg, einer Nebenstraße der Leipziger, Chaussee einzufinden. Wir standen am Zaun des Schulhofes, aber draußen. Im Schulgelände wohnten noch die Russen. Sie hatten die Gebäude nicht termingerecht geräumt. Der Rektor ordnete an, dass wir Kinder uns nach Jungen und Mädchen getrennt in Zweierreihen aufstellen sollten. Es waren viele Kinder. Aber warum standen wir in Zweierreihen? Wir wussten es nicht, die Eltern auch nicht. Das ganze Ordnen hatte lange gedauert.
Dann wurde allen mitgeteilt, dass die Kinder sich am nächsten Tag um neun Uhr in der Schule am Königsweg einzufinden hätten. Das war meine Schule gewesen, in die ich in der ersten Klasse gegangen war. Diese Unterbringung dort sei aber nur vorübergehend. Es werde alles dafür getan, dass die beiden Schulgebäude, eines für die Jungen und eines für die Mädchen, für den Schulbetrieb wieder verfügbar wären.

Die Russen zogen nach einigen Wochen, oder vielleicht waren es auch Monate, aus den Schulgebäuden aus. Sie hinterließen es so, wie sie darin gehaust hatten. Es war vollkommen verdreckt. Jetzt suchte der Rektor Mütter, die alle Räume, die Treppenhäuser, die Toiletten, die Turnhalle, das Küchengebäude und die Keller säubern sollten. Meine Mutter erklärte sich dazu bereit.

Ich hatte seit unserer Rückkehr aus Stendal noch mehrere Freundinnen dazu bekommen, doch mit zwei Mädchen war ich fest verbunden. Wir drei konnten uns nicht vorstellen, einmal voneinander getrennt zu werden. Uta war ein Jahr älter als ich und Ingrid, meine andere Freundin ein Jahr jünger. Sie hatte in

Magdeburg noch nie eine Schule besucht, weil sie wegen der Bombenangriffe zu Verwandten in den Harz gebracht worden war. Wir beide, Uta und ich fühlten uns ihr überlegen und nahmen sie unter unsere Fittiche. Den Schulweg kannten wir ja und sagten zu unseren Müttern, dass sie uns nicht zur Einschulung bringen müssten. Wir fuhren mit der Straßenbahn bis zum Ende der Leipziger Chaussee und stiegen dann am Gerichtsgebäude um in die Linie 1. Am Eiskellerplatz mussten wir aussteigen. Der Fußweg war nicht weit.

Auf dem Schulhof stellten sich die Kinder an, wieder schön geordnet. Ganz links auf dem Hof standen zwei und zwei die Erstklässner, dann kamen die Kinder für die zweite Klasse. Wir drei Freundinnen stellten uns bei der dritten Klasse an. Die einzige, die richtig stand, war ich. Aber das merkte niemand. Wir gingen alle in eine Klasse. Erst nach dem Umzug in unser richtiges Schulgebäude kam nach ein paar Tagen die Schummelei heraus. Uta wurde aus dem Klassenraum herausgeführt und musste die vierte Klasse besuchen. Wir heulten.

Meine Mutter bereute es, dass sie sich zum Säubern des Schulgebäudes bereit erklärt hatte. Sie kam abends schimpfend nach Hause. „Ich krieg vor Ekel die Gelbsucht", klagte sie. „Der Kot hängt sogar an der Decke. Die Schweine haben sich damit beworfen."

Es muss grauenvoll ausgesehen und gestunken haben. Mein Vater sagte: „Im Krieg verliert der Mensch jeden Maßstab der Kultur, das ist eben so." Er musste den Dreck auch nicht wegmachen.

Die Einheitsschule

Das gesamte Schulsystem war verändert worden. Alle Kinder gingen von der ersten bis zur achten Klasse in eine gemeinsame Schule. Die Gymnasien waren zu Oberschulen geworden, die Volksschulen zu Einheitsschulen. Das bedeutete, dass Kinder mit unterschiedlicher Leistungsfähigkeit alle in eine Klasse gingen. Schwache Schüler wurden nicht besonders gefördert, sie blieben sitzen, wenn sie das Klassenziel nicht erreicht hatten. Viele wurden schon nach der fünften Klasse aus der Schule entlassen. Die Jungen und Mädchen, die es bis zur achten Klasse geschafft hatten, gingen entweder in eine Lehre, in eine Zehnklassenschule oder auf die Oberschule. Das war uns kleinen Kindern zu dieser Zeit aber nicht bewusst. Wir beurteilten uns als schlau oder dumm. Ich wunderte mich immer, wie es möglich sei, dass einige meiner Klassenkameraden über 50 Fehler in einem Diktat schrieben. Schon in der fünften Klasse trieben sich einige Mädchen von uns in üblen Tanzlokalen herum und hatten dicke Busen. Meine Mutter sagte zu mir: „Halt dich von solchen Mädchen fern." Ich beobachtete sie nur und wunderte mich.

Vorerst ging der Schulbetrieb schleppend los. Es gab wenige Lehrer und wenige intakte Schulgebäude. Wir hatten deshalb Schichtunterricht. In der einen Woche gingen wir vormittags in die Schule, in der anderen am Nachmittag. Unsere Lehrerin war lieb, aber ich empfand sie als sehr langweilig. Sie machte immer dasselbe. Ich besaß aus Kriegszeiten noch ein einziges Schulheft. Als die Lehrerin nicht mehr in unsere Klasse kam, war dieses Heft mit fast immer den gleichen Sätzen vollgeschrieben. Sie hatte es niemals angesehen. Meine Mutter interessierte sich für das Heft und tadelte meine Schrift. Die Lehrerin kam eines Tages nicht mehr, wo sie geblieben war, wussten wir nicht. Sie war einfach weg. Vielleicht hatte die Entnazifizierung sie erwischt, wer weiß, vielleicht hatte sie auch ihren Wohnsitz illegal gewechselt und war zum Klassenfeind in den Westen gezogen. Es kümmerte uns Kinder allerdings nicht, wir bekamen einen neuen Lehrer, einen Junglehrer, und hatten mit ihm ein unbeschreibliches Glück. Mit ihm ging das Lernen los und das machte solchen Spaß! Die Widrigkeiten der schlimmen Jahre in der Nachkriegszeit nahmen wir als gegeben hin, unser Denken ging nach vorn, ich war glücklich.

Die Klassenräume in unserer Schule hatten Öfen. Öfen brauchen Kohle. Kohlen wurden den Schulen nicht zugeteilt. Die Öfen blieben kalt. Wir saßen in Mänteln und Handschuhen in unseren Bänken. Alle zehn bis fünfzehn Minuten mussten wir aufstehen und Gymnastik machen und uns warmtrampeln und warmklopfen. Dann konnten wir weiterschreiben oder unsere Aufgaben rechnen. Doch worauf schrieben wir? Es ist heute für mich undenkbar, aber es war so: Wir schrieben auf Zeitungsrändern. Einmal bekam ich von unserem Bekannten, dem tschechischen Druckereidirektor, ein kleines Heft mit einem dicken Deckel geschenkt. Der war lila. Es war eigentlich kein Heft, es war wohl dafür gedacht, dass man Liebesgedichte oder ähnliches hinschreiben sollte. Die Seiten hatten sehr starkes widerstandsfähiges Papier. Ich schrieb mit Bleistift meine Hausaufgaben in dieses wunderschöne Heft und radierte sie wieder aus, wenn mein Lehrer sie gesehen hatte. Die Seiten sind sehr dünn geworden und hatten zum Schluss kleine Löcher. Mein Radiergummi war auch nur noch ein Krümel.

Morgens in der ersten Stunde, wenn es draußen noch dämmrig war, stellte unser Lehrer eine Kerze auf das Pult und las uns Balladen und andere Gedichte vor. Wir schrieben bald selbst kleine Gedichte, wir tauchten in die Welt der Literatur ein. Und das alles nur durch unseren Lehrer, er hatte Bücher, wir nicht. Es gab keine Bibliotheken mehr, die meisten Bücher waren verbrannt. Zu Hause hatte ich alle Mädchenbücher gelesen, mache vier-, fünfmal. Ich kam an keine Bücher heran, das war schlimm. Erst im zweiten oder dritten Nachkriegsjahr eröffnete das Ernst-Thälmann-Werk für seine Betriebsangehörigen eine Bibliothek. Mein Vater konnte in jeder Woche vier Bücher ausleihen. Ich suchte sie aus und dufte immer ein Buch für mich auswählen. Die Bücher für meinen Vater habe ich auch gelesen, er wollte immer Reisebeschreibungen, aber keine Romane haben. Das war für mich gut. Ich lernte so das Leben der Eskimos und der Eingeborenenstämme Afrikas kennen, sah Bilder von ihnen und schämte mich, dass sie oft ganz nackt waren. Mein erster Roman, den ich mir ausleihen konnte, handelte von einem isländischen Jungen, der als Smutje auf ein Schiff gekommen war, dort abscheulich von den Matrosen drangsaliert wurde, aber einer ihn beschützte und ihm einen Apfel schenkte. Auf Island gibt es keine Obstbäume und infolge dessen hatte der Junge noch nie einen Apfel gesehen oder gar gegessen. Ich staunte. Solche Romane über Schicksale anderer Kinder aus anderen Ländern wollte ich viele lesen, es gab sie aber nicht in dieser kleinen Betriebsbücherei. Ich fragte immer wieder nach.

Einmal habe ich mich schrecklich blamiert. Die Bibliothekarin holte für mich „Nils Holgersson" aus dem Regal. Sie empfahl mir dieses Buch wärmstens. Ich protestierte, ich wolle keinen Kinderkram. Sie sagte zu mir: „Du hast noch keine Ahnung von guter Literatur." Was war gute Literatur? Ich hatte alle zehn Bände von „Nesthäkchen" gelesen, nicht nur einmal. „Nesthäkchen in Madagaskar" hatte mich besonders begeistert, lernte ich dadurch doch eine andere Welt kennen. War das gute Literatur? Ich fragte meinen Lehrer, doch ich bekam nur ein Lächeln und keine Antwort. Durch den Krieg hatte er auch fast alle seiner Bücher verloren und konnte mir deshalb keine ausleihen. Doch er fand eine Lösung, meinen Lesehunger zu stillen. Er besorgte Bücher auf dem Tauschmarkt, Ware gegen Ware. Das war schwer. Aber wenn er ein Buch für mich irgendwo erstehen oder ausleihen konnte, brachte er es mir. Wenn ich es gelesen hatte, tauschte er es irgendwo wieder gegen ein anderes Buch. Ich fühlte mich meinen Klassenkameraden gegenüber bevorzugt, denn ihnen gab er diese Bücher nicht. Vielleicht wollte auch niemand von ihnen lesen, ich konnte sie nicht fragen. Es war ja ein Geheimnis, so dachte ich.

Brötchen

Es muss etwa Ende 1946 oder Anfang 1947 gewesen sein, von da an bekam jedes Schulkind täglich in der Schule ein Brötchen. Es war so dunkel wie ein Brot, ganz zäh und schmeckte herrlich. Unser Hunger wurde für kurze Zeit gemindert. Gegen elf Uhr wurden die Brötchen vom Bäcker in die Schule geliefert. Vor der zweiten großen Pause schickten die Lehrer immer zwei Mädchen oder Jungen mit einem Pappkarton zum Brötchenholen. In unseren Karton kamen 56 Brötchen, so viele Kinder waren wir in unserer Klasse. Schon bei Schulbeginn zählte ich die anwesenden Kinder. Fehlten drei aus der Klasse, blieben drei Brötchen übrig. Sie wurden der Reihe nach an drei anwesende Kinder verteilt. Diese Kinder hatten dann zwei Brötchen. War ich nach Anwesenheitsliste dran, aß ich keinen Happen, sondern nahm beide Brötchen mit nach Hause. Meine Mutter und ich setzten uns dann gemütlich an den Küchentisch, schnitten die Brötchen in dünne Scheiben und aßen möglichst langsam. Ich kam mir wie eine Heldin vor, weil auch meine Mutter an einem solchen Tag etwas

Köstliches essen konnte. Ich wusste, dass sie mir von ihrer eigenen täglichen Ration immer den größten Teil abgab. Mit kindli-
chem Egoismus habe ich es gegessen, mich dabei aber doch ein
bisschen geschämt. Auch unser Lehrer tat mir leid, er bekam kein
Brötchen. Wir Kinder hatten ihm oft unser zweites Brötchen angeboten, er lehnte ab. Er war so dünn wie eine Bohnenstange.

Es gab noch viele Lehrer von der alten Sorte in der Schule. Es
waren alte Männer, schon etwas tuddelig, und einige schrullige
Frauen. Denen machten wir Kinder das Leben schwer. Sie hatten
es überhaupt schwer, aber das sahen wir nicht. Erst waren sie von
dem Krieg entkräftet worden und nun fiel das neue Schulsystem
über sie her. Sie sollten uns ihnen fremde Unterrichtsinhalte
vermitteln, sie sollten anders unterrichten und die Junglehrer
hatten jetzt das Sagen. Das war zu viel für sie.

Ein ältliches Fräulein packte in den Pausen immer eine Dose mit
geschnitten Mohrrüben aus und knabberte sie, während wir in den
Regen-pausen um sie herum tobten. Einmal haben wir ihr um
ihren grauen Dutt Wollfäden gewickelt, sie hat es nicht gemerkt,
sie war zu müde.
Zu einem alten Lehrer habe ich einmal, ich habe es gar nicht böse
gemeint, einen Spruch gesagt, der mich teuer zu stehen kam. Der
Lehrer kritisierte, dass ein Bild schief hinge. Ich sagte: „Schief ist
englisch und englisch ist Mode und die Mode wird mitgemacht."
Diesen blöden Spruch hatte ich irgendwo aufgeschnappt. Ich
musste nachsitzen und er wertete mich als frech ab. Das ließ er
mich bis zu seiner Entlassung spüren.

Es gab noch eine Zeitlang zwei Gruppen von Lehrkräften an
unserer Schule, die jungen, frischen, von neuen Ideen beseelten
und die vom alten System geprägten, auch zum Teil noch

74

überzeugten. Unser Klassenlehrer gehörte zum Glück zu den Pädagogen moderner Art, er war ein sehr guter Lehrer und wir liebten ihn dafür.

Schwimmen

Im Juli und im August hatten wir Sommerferien, ein neues Schuljahr begann jetzt am ersten September und nicht mehr nach den Osterferien. So war es früher gewesen. Wir freuten uns auf diese Zeit. Natürlich blieb die viele Arbeit, doch die gab es ja auch während der Schulzeit. Wir sammelten weiter unser Kaninchenfutter, stoppelten, rupften Unkraut, standen vor den Geschäften an und beaufsichtigten kleinere Kinder. Es blieb aber doch Freizeit und die genossen wir. Es gab so viele Dinge, die uns Freude bereiteten. Am allerschönsten war das Schwimmen. Ein richtiges Schwimmbad, nein, das gab es natürlich noch nicht. Das war zerstört. Aber das Löschbecken im Fort, das gab es. Und es gab findige Jugendliche. Sie nahmen Verbindung mit der Feuerwehr auf. Die Feuerwehr half. Das faulige Wasser, zum Löschen von Bränden gedacht, wurde abgelassen. An den Wänden des leeren Beckens wuchsen glitschige Algen. Viele Kinder aus unserer Gegend schrubbten das Becken. Die Wände waren schräg und rauh, unten auf dem Boden war das Becken waagerecht. Es war aus dickem Beton gebaut. Und dann war der ersehnte Tag da, die Feuerwehr kam mit ihrem Auto wieder und schloss einen dicken Schlauch am Hydranten auf der Straße an. Wir Kinder sprangen im harten, kalten Strahl des Wassers herum. Das Becken füllte sich. Ganz langsam stieg das Wasser. Und es war eiskalt. Unsere Haut hatte sich bläulich gefärbt, wir konnten nicht aufhören. Kaum ein Kind konnte schwimmen. Zum Schwimmen lernen gab es im Krieg keine Zeit. Als am nächsten Tag das Becken randvoll

75

war, saßen wir Nichtschwimmer am Rand und hielten die Beine in das Wasser. Wir konnten nicht rein. Eine junge Frau tauchte auf und sagte zu uns, dass sie Schwimmlehrerin sei und uns das Schwimmen beibringen wolle. Sie verlange dafür Naturalien. Meine Mutter füllte eine Blechdose mit schwarzem Tee, sie hatte noch einen Rest von dem erbeuteten Tee aus der Kaserne in Stendal, und gab ihn mir mit als Entlohnung für den Schwimmunterricht. Wir Kinder hingen an einer Angel mit einem Strick um den Bauch und zappelten ziemlich hilflos im Wasser. Die angebliche Schwimmlehrerin hatte keine Ahnung, wie sie uns das Überwasserhalten beibringen könnte. Ich lernte es nicht. Meine Mutter gab mir einen aufblasbaren Sitzring, der noch von ihrem kranken, bettlägerigen ersten Mann stammte und zog ihn mir über den Bauch. Damit ging ich ins Wasser, es war herrlich! Ich machte froschähnliche Bewegungen, drehte mich auf den Rücken, strampelte mit den Beinen, drehte mich im Kreis und sprang vom Rand in das Becken. Ich war eine Wasserratte geworden. Das Wasser färbte sich Tag für Tag etwas dunkler, bis es schließlich zum Ende des Sommers eine graugrüne Brühe war. Das machte uns Kindern nichts aus, auch der viele Urin nicht.

Eines Tages spielten wir im Wasser Fangen und ich befand mich genau in der Mitte des Beckens. Da merkte ich, dass mein Sitzkissen schlapp an meinem Körper herabhing. Irgend jemand hatte mir das Ventil aufgedreht. Ich konnte schwimmen.

Im nächsten Sommer bauten Jugendliche und einige erwachsene Männer ein kleines Becken aus Holz für die Nichtschwimmer ein und errichteten am anderen Ende des Bassins zwei Sprungbretter für die Schwimmer, eins drei Meter, das andere einen Meter hoch. Wir hatten ein richtiges Schwimmbad! Die Feuerwehr ließ wieder zum Badebeginn das Wasser ein und im Oktober das

Wasser aus. Bald war das Wasser wieder so schmutzig wie im Vorjahr. Wenn unsere Blase voll war, rannten wir Kinder in eine versteckte Ecke hinter einen Busch oder wir machten ins Wasser. Ich bin nie krank geworden. Einige Jahre später wurden auch Umkleidekabinen und eine Kasse gebaut. Ein Kind bezahlte seine 15 Pfennige Eintritt, mehrere Kinder schummelten sich geduckt unter der Kasse durch. Das Wasser wurde ab jetzt mehrfach im Sommer gewechselt, Chlor gab es nicht.

Ein Junge, der neu in unsere Klasse gekommen war und von allen bewundert wurde, weil er so enorm schlau und auch viel hübscher als alle anderen Jungen der Schule war, hatte von dem Schwimmbad durch uns Mädchen erfahren.
Er ging allein hin und ertrank. Das Abflussgitter unter dem Sprungbrett war ihm zum Verhängnis geworden. Sein Siegelring, den er zum Geburtstag bekommen hatte, verklemmte sich beim Tieftauchen in einer Metallöffnung und unser Klassenkamerad konnte sich nicht befreien. Erst nach Tagen wurde er gefunden. Das Wasser war ja so grün.

Frauen in Männerhosen

Im Straßenbild sah man immer mehr Frauen in Männerhosen, die Hosen der Gefallenen, der Vermissten. Mein Schwager war auch vermisst. Seine Kleidung hing unberührt im Schrank, meine Schwester hoffte, dass ihr Mann am Leben sei. Schon im letzten Kriegsjahr war kein Feldpostbrief mehr von ihm gekommen, zum Glück aber auch keine Nachricht, dass er gefallen sei, gefallen für Führer und Vaterland. Vielleicht war er in einem der vielen Gefangenenlager eingesperrt. Würde er dort überleben? Kam er wieder nach Hause? Diese Fragen beschäftigten meine Schwester und meine Eltern dauernd. Meine kleinen Nichten wuchsen ohne ihren Vater und hatten wohl auch keine Erinnerung mehr an ihn.

Meine Schwester hatte sich im Ernst-Thälmann-Werk von der Kranfahrerin zur Küchenhilfe hochgearbeitet. Die Arbeitslosigkeit war immer noch immens. Sie war stolz, dass sie nicht in das Heer der Trümmerfrauen eingereiht worden war, sondern sehr schnell einen Beruf hatte. Eine sogenannte Trümmerfrau wurde nicht sehr geschätzt, sie, die die Stadt in endlos weite Flächen verwandelte, sie, die Männerhose, Kittelschürze und Kopftuch trug, sie, die Steine klopfte, damit Löcher in den Wänden der halbzerbombten Häuser zugemauert werden konnten, sie, die einen Hungerlohn bekam. Meine Schwester stand in der Betriebsküche und rührte in großen Kesseln, schälte Kartoffeln und zerkleinerte Kohl. Jeden Abend, wenn sie ihre Kinder bei meiner Mutter abholte, brachte sie in einem Kochgeschirr Suppe mit. Die aßen wir, bevor sie mit ihrem Fahrrad, ein Kind vorne, ein Kind hinten, zu sich nach Hause fuhr. Schlagartig hörte das auf. Sie hätte sich aus den großen Kesseln der Betriebsküche die Reste weiterhin zusammenkratzen können, es ging nicht mehr. Der Ekel hatte ihre Kehle zusammengeschnürt. Sie fand mehrere tote Ratten in der Suppe. Der Koch hatte nur gelacht. „Eine Ration Fleisch mehr im Essen, ein paar Fettaugen zusätzlich, was ist daran auszusetzen?" fragte er meine Schwester, als sie fassungslos in den großen Kessel starrte. Sie erfuhr, dass fast immer Ratten in die Kessel gerieten, wenn die Zutaten noch kalt seien. So gab es eben sehr oft Suppe mit Rattenzulage.

Schuhe

Schuhe waren das größte Kleidungsproblem. Es gab in den ersten Nachkriegsjahren überhaupt keine zu kaufen, auch nicht auf Bezugsschein. Uns Kindern ging es am schlechtesten, unsere Füße wuchsen. Wir wollten auch beim Spielen nicht immer auf unsere Schuhe aufpassen, die Jungen wollten Fußball mit selbstgenähten Bällen spielen, wir wollten im Winter auf glatten Eisbahnen schlittern, wir wollten, wir wollten, aber wir sollten nicht. In vielen Familien setzte es abends Ohrfeigen, wenn wieder die Schuhe ramponiert waren. Wurden die Schuhe zu klein, schnitt man vorne die feste Kappe heraus und die Zehen ragten über die Sohle. Das war im Winter nicht gerade angenehm. Im Sommer liefen wir Kinder alle barfuß. Auch in der Schule hatten wir keine Schuhe an. In den Klassenräumen hatte man die Dielen geölt. Unsere Füße waren immer schwarz. Öl und Dreck bildeten eine Schicht auf den Fußsohlen, die man auch mit der Ersatzschmierseife, und die war ebenfalls knapp, nicht abschrubben konnte. Bei heißem Wetter kochte der Asphalt. Wir sprangen von Schatten zu Schatten. Manchmal war es plötzlich im Frühling sehr kalt, besonders im Mai während der Zeit der Eisheiligen. Oben hatten wir Jacken an, an den Füßen froren wir.
Fast alle Kinder litten unter Blasenentzündung. Das lag aber nicht nur an den nackten Füßen, das lag insgesamt an der kurzen und mangelhaften Kleidung für Kinder.

In der Not wird der Mensch erfinderisch. Dieser Spruch bewahrheitete sich in dieser schlechten Zeit. Die Mütter zupften Zuckersäcke auf, vorausgesetzt, sie ergatterten welche. In den Zuckersäcken befanden sich weiße Querfäden. Aus diesen unelastischen Fäden strickten sie Kniestrümpfe.

Schuhe waren die größte Mangelware, deshalb wurden Klappersandalen hergestellt. Aus einem Brett schnitt man zwei Schuh-
sohlen heraus, die dann in drei Teile zersägt und die einzelnen
Stücke mit Lederresten oder starken Bändern wieder zu einer
Sohle zusammengefügt wurden. Oben befestigte man kreuzweise
fest zusammengenähte Stoffstreifen oder Riemenstücke, ebenfalls
an den Hacken und über dem Spann. Wir Kinder fanden diese
Klappersandalen sehr schick. Leider kniffen sie entsetzlich in die
Fußsohlen. Man musste sehr vorsichtig gehen. Sie hielten auch
nicht lange. Alte Männer, die sich auf die Herstellung solcher
Klappersandalen spezialisiert hatten, arbeiteten von früh bis spät.
Sie arbeiteten für Naturalien. Mein Vater fertigte mir aus Holz-
pantinen und alten Autoreifen feste Fußbekleidung an, Schuhe
konnte man sie nicht nennen, sie waren zu klobig. Aber sie
wärmten, ich fror nicht mehr. Vorne war das dicke, echte Leder,
an der Ferse bis zum Leder hin hatte mein Vater Stücke von
Autoreifen angenagelt.
Im ersten Winter waren die Pantoffeln für mich noch zu groß,
mein Vater zeigte mir, wie man Fußlappen um die Füße wickelt,
im zweiten Winter passten sie. Die Holz-sohlen waren dick und
stabil, gutes Holz. Sie hatten nur einen Nachteil: Bei Neuschnee
blieb der Schnee unter den Sohlen kleben. Er ließ sich weder
abkratzen noch löste er sich, wenn ich die Füße gegen eine Mauer
schlug. Die Schneebatzen wuchsen mit jedem Schritt, unten
waren sie rund. Ich konnte nicht mehr frei laufen. Ich musste
mich an Hecken festhalten oder an den Mauern entlang hangeln,
um nicht umzufallen. Oft waren die Schneestelzen, wie ich sie
nannte, zwanzig, dreißig Zentimeter hoch. Erschöpft kam ich
immer zu Hause an. Manchmal habe ich auch geweint.

Dann gab es eine neue Erfindung, Igelitt. War das ein scheuß-
liches Zeug! Und daraus wurden Schuhe hergestellt, hell- oder

dunkelbraune, giftig stinkende Schuhe, aus einem Stück gegossen und mit sechs gestanzten Löchern für die Igelittschnürbänder. Bei Wärme wurden diese Schuhe wabbelig weich und heiß, bei Kälte hart wie Glas. Im Sommer stanken unsere Füße nach diesem Igelitt und unserem eigenen Schweiß, es war ein beißender, saurer Geruch.

Die Brühe stand zwischen unseren Zehen, der Fußpilz gedieh. Im Winter waren diese Schuhe starr und steif, wir mussten sie erst aufwärmen, ehe wir sie ausziehen konnten. Auch froren wir in ihnen, sie waren hervorragende Kälteleiter. Im Jahr bekam jedes Kind und jeder Erwachsene ein Paar von diesen Igelittschuhen. Das war zu wenig. Entweder waren die Sohlen wabbelig breitgetreten oder hatten von der Kälte im Winter Sprünge bekommen. Wieder mussten wir Kinder auf unsere Schuhe aufpassen.

Mit Hausschuhen wurden wir in unserer Straße versorgt. Das war ein Glücksfall. Ein Ehepaar war zur Untermiete bei einer alten Nachbarin eingezogen. Der Mann war Kriegsinvalide und konnte schlecht laufen. Seine Hände waren in Ordnung und sehr geschickt. Er nähte auf einer Sattlermaschine Hausschuhe. Dazu musste man ihm nur einen Kissenbezug aus Plüsch, einen dicken Vorhangstoff, ein Stück von einem alten Teppich, jedenfalls einen sehr dicken, festen Stoff und Nähgarn bringen. Bezahlen musste man natürlich auch. Obwohl Geld nicht viel wert war, war es doch knapp. Der Mann nähte nur für Leute aus der Nachbarschaft, sonst hätte er es nicht schaffen können. Ich bekam in zwei Wintern je ein Paar Hausschuhe, meine Eltern ließen sich keine anfertigen. Sie hatten keinen passenden Stoff mehr für sich.

Dann gab es da noch die Möglichkeit, Schuhe zu ertauschen. Überall in der Stadt fand man Wände mit der Aufschrift „Suche – Tausche". Viele Zettel waren dort befestigt. Hatte man etwas zu bieten, konnte man etwas bekommen, doch am schwierigsten war es mit Schuhen. Es wurden ab und zu Männerschuhe angeboten, Schuhe von gefallenen oder auch vermissten Soldaten. Kinderschuhe gab es so gut wie nicht. Meine Freundin lief mit ihren dünnen Beinen in viel zu großen Männerschuhen herum. Sie stammten von ihrem vermissten Vater.

Peinliche Schmierereien

Überall, an Wänden, in der Straßenbahn, auf Schulbänken, auf dem Asphalt sah man eine stilisierte Scheide. Es war eine Raute mit einem senkrechten Strich in der Mitte. Ich ärgerte mich sehr darüber, ich war verletzt. Die Schmierfinken waren Jungen, das wusste ich. Ich konnte aber nicht begreifen, warum sie so etwas überhaupt hin malten. Was hatten sie davon? Lange wusste ich nicht, was eine solche Zeichnung überhaupt bedeuten sollte. Als ich einem fremden Jungen beim Zeichnen dieser Fläche zusah und ihn fragte, was das bedeuten solle, lachte er und sagte: „Das hast du auch zwischen den Beinen." Ich bin weggelaufen.

Wir Kinder wurden von den Eltern nicht aufgeklärt. Wir wussten, dass sie über solche Sachen nicht sprechen würden, deshalb fragten wir auch nicht. Es gab aber etwas, das wurmte mich enorm. Ich stellte meiner Mutter provozierende Fragen und trieb sie damit in die Enge. Ich wollte eine Antwort! Sie gab keine. Das machte mich richtig wütend, ich fühlte mich von ihr und meiner großen Schwester ausgegrenzt. Eigentlich ahnte ich schon alles, ich hatte vieles auf der Straße erfahren, aber ich wollte es aus dem Mund meiner Mutter hören. Sie sollte mir erklären, weshalb meine Schwester alle vier Wochen auf das Gesundheitsamt zur Untersuchung gehen musste. Ich wusste, dass alle Frauen, die mit

Nahrungsmitteln zu tun hatten, und meine Schwester arbeitete in der Betriebsküche, auf Geschlechtskrankheiten untersucht wurden. Was mir nur nicht klar war: Was hatte die Arbeit in der Küche mit Geschlechtskrankheiten zu tun? Wie sollte meine Schwester krank geworden sein?

Eine Minimalaufklärung habe ich mit etwa zwölf Jahren in der Schule von unserem Lehrer erhalten. Er musste vorher einen Elternabend einberufen und die Eltern informieren, dass er uns die biologischen Zusammenhänge des Kinderkriegens erklären wolle. Die Eltern, die damit einverstanden waren, gaben es unserem Lehrer schriftlich. Der Sexualunterricht fand nach dem normalen Unterricht statt. Ich durfte daran teilnehmen, ein Großteil der Klasse wurde nach Hause geschickt. Wir haben unser Wissen am nächsten Tag weitergegeben, leider oft verzerrt oder übertrieben. Meiner Mutter habe ich nicht erzählt, was ich gelernt hatte. Das war auch äußerst wenig. Anschauungsmaterial hatte unser Lehrer uns nicht gezeigt, er besaß wohl keines.

Das medizinische Lexikon, das meine Eltern besaßen, durfte ich nicht ansehen, es war in einem verschlossenen Schrank vor mir verborgen, so blieb mir nur die Vorstellung. Als ich meine erste Blutung bekam, half mir meine Mutter psychisch auch nicht. Sie gab mir nur Binden und die waren aus gestrickter Baumwolle mit Leinenenden. Große Sicherheitsnadeln hielten hinten und vorne die lästigen Teile im Schlüpfer fest. Oft waren meine Schenkel wundgescheuert. Meine Mutter weichte die blutigen, stinkenden Binden in einem Eimer ein und kochte sie im Waschtopf aus. Dann hingen die Dinger draußen im Garten auf der Leine. Die Nachbarn konnten sie sehen. Ich schämte mich. Auf der Straße hörte ich üble Witze über all die uns unbekannten Dinge. Ich machte mir meine eigenen Vorstellungen, und die waren oft falsch. Meine Freundinnen wussten auch nicht mehr. Es war für uns eine verschlossene, angsteinflößende Welt.

Als ich schon fast erwachsen war, hatte ich meinen ersten sexuellen Kontakt. Ich war entsetzt, glaubte ich doch, mein Freund sei eine Missgeburt. Er hatte nur einen Hodensack. Aber ein Mann hatte doch zwei Hoden, wie konnte das sein? Meiner Freundin vertraute ich mich an. Sie war auch erschrocken, tröstete mich aber: „Das sieht doch niemand, dass er nicht richtig gewachsen ist. Er ist doch sonst so lieb."

Später stellte ich fest, dass auch die Jungen ebenso unwissend wie wir Mädchen gewesen waren. Die irrsinnigsten Vermutungen erzählten sie sich. Mein Freund konnte nicht begreifen, warum ich jeden Monat blutete, er dachte, ich sei krank. Das Märchen vom Storch starb sehr, sehr langsam aus.

Dieses Unaufgeklärtsein, diese verkrampfte Scham hat die Schwester meiner Freundin das Leben gekostet. Sie war noch keine vierzehn Jahre alt. Im Unterricht bekam sie Bauchkrämpfe, die Monatsblutung kündigte sich an. Die Lehrerin fragte, ob sie ihre Tage habe. Das Mädchen schämte sich, dass sie so etwas gefragt wurde. Sie verneinte. Als ihre Schmerzen immer stärker wurden, brachte die Lehrerin das Mädchen in das gegenüberliegende Krankenhaus. Auch dort verschwieg das Mädchen den wahren Grund ihrer Schmerzen. Sie wurde am Blinddarm operiert. Die Operation ging schief, der Darm war verschlungen. Mehrere Operationen folgten, nach Monaten auf der Intensivstation trat der Tod ein.

Im Kohlentender

In Westdeutschland hatte die Währungsreform stattgefunden, dort war das Schlaraffenland. Je sehnsüchtiger sich die Menschen von diesem Wohlstand im Westen erzählten, desto größer wurde die Überwachung in Ostdeutschland. Die Propaganda wurde gegen das Verlangen gesetzt.

Es war gefährlich, nach Westberlin zu fahren, um dort ein paar Lebensmittel oder gar Schuhe für viel Geld zu kaufen. Verhaftungen wurden bekannt. Ein Großonkel, er war ein sehr einfältiger Mensch, brauchte dringend Därme für seine Kaninchenwurst. Er wurde mit seinem Koffer voll stinken-dem Gut im Zug erwischt und saß dafür mehrere Wochen im Gefängnis. Wir hatten Angst um ihn, lachten, als er wieder auf freiem Fuß war, es war alles so absurd. Und trotzdem wuchs die Sehnsucht nach ein paar Leckerbissen.

Meine Schwester konnte nicht widerstehen und machte sich auf den Weg. Sie fuhr unter Kohlen versteckt im Tender nach West-berlin. Ihr Mann hatte in den ersten Kriegsjahren bei der Reichs-bahn als Glasermeister gearbeitet. Meine Schwester kannte noch einige Bahnangestellte. Einer von ihnen versteckte sie morgens unter den Kohlen, am Abend bei der Rückfahrt ebenso. Er schleuste sie vom Bahngelände und bekam für seine Hilfe einen Bückling. Zwei Bücklinge, ein Päckchen Kakao und noch einige Gebrauchsgegenstände hatte meine Schwester erworben.

Wir warteten voller Angst und Hoffnung zu Hause und waren so erleichtert, als sie endlich wohlbehalten ankam. Mitten auf dem Küchentisch auf einer Platte vom guten Geschirr lag der Bück-ling, goldbraun schimmernd, fettstrotzend, mit dickem, hartem

Bauch. Es war ein Weibchen und enthielt Rogen, eine Delikatesse, wie meine Mutter sagte. Wir bewunderten den Bückling und rochen an ihm. Hauchdünn auf das Brot geschmiert aßen wir diesen wunderbaren Fisch und träumten noch lange von dem köstlichen Geschmack.

Junge Pioniere

Meine Freundinnen und ich spielten im Fort auf der Liegewiese vor dem Bassin. Eine junge Frau und ein junger Mann gesellten sich zu uns. Sie erzählten von einer Jugendgruppe, die gemeinsam mit dem Zug wegfuhren und in der Heide oder in tiefen romantischen Wäldern wanderten oder Geländespiele machten. Sie fragten uns, ob wir nicht auch Lust hätten, zu dieser Gruppe zu gehören. Sie seien die Betreuer. Wir sollten unsere Eltern fragen und ihnen am nächsten Tag hier im Fort Bescheid sagen. Wir bekamen ein Formular. Sie würden auf uns warten und sich freuen, wenn ihre Gruppe größer würde.

Ich fragte meine Eltern, ich durfte mitfahren. Einen ganzen Tag ging ich im Wald spazieren, gespielt wurde eigentlich wenig. Ich fühlte mich ein bisschen verloren, die anderen Kinder kamen aus anderen Stadtteilen und waren mir fremd. Meine Freundinnen hatten von ihren Müttern keine Erlaubnis für den Ausflug erhalten. Es wurde weiter um Kinder geworben. Ich schloss mich der Gruppe nicht an und fuhr niemals wieder mit.

Überall fanden solche Werbeaktionen um Kinder statt. Es waren wohl die Vorläufer für die Gründung der Jugendorganisation „Junge Pioniere".

86

Unser Lehrer war ein überzeugter Kommunist und erzählte uns vom Klassenkampf in seiner Jugend. Seine Eltern hatten der kommunistischen Partei angehört. Er verstand es, uns in kindgerechter Weise geschichtliche und gegenwärtige politische Ereignisse verständlich zu machen.

Was unser Lehrer sagte, war für mich absolut richtig. Ich hatte keinen Gegenpol. Unserer Schule gegenüber war eine lange Bretterwand vollkommen mit einem Plakat nach dem anderen beklebt. Jedes Plakat zeigte die Karikatur von Adenauer, dem gefährlichen Klassenfeind im Westen. Ich hasste ihn, weil ich ihn fürchtete. Von diesem Mann auf dem Plakat wusste ich absolut nichts, meine Eltern auch nicht. Medien gab es - außer der „Volksstimme", der Magdeburger Zeitung - in der Nachkriegszeit nicht. Unser Radio war schon lange kaputt, den Westsender konnten wir folgedessen nicht hören.

Durch die Propaganda, die der im Dritten Reich um nichts nachstand, formte sich in meinem Kopf ein Bild der Gefahr, die ich nicht verstehen konnte. Beim Betrachten der Plakate mit dem verzerrten, entstellten Kopf Adenauers empfand ich eine ähnliche Angst wie beim Betrachten des Plakates mit dem Kohlenklau.

Eines Tages erzählte uns unser Lehrer von den Komsomolzen und den Pionieren in der Sowjetunion, deren Leben in der Gruppe, ihren Aufgaben und wie ihre Uniformen aussahen. So sollten wir Schüler auch werden, so sollten auch wir uns für unser Vaterland einsetzen. Unser Halstuch sei allerdings nicht rot, sondern blau. Die drei Ecken symbolisierten Schule, Elternhaus und Pionierverband. Unser Lehrer hatte ein Tuch mitgebracht und zeigte, wie man den Knoten binden musste. Ich hätte es am liebsten gleich getragen, ich wollte ein Pionier werden und meinem Land meine ganze Kraft zur Verfügung stellen. Ich wurde ein Junger Pionier, meine Eltern waren einverstanden. Sie vertrauten ebenso wie ich meinem Lehrer.

Bald bekamen wir auch unsere Uniform: ein blauer Rock, eine weiße Bluse und darüber das blaue Halstuch. Später erhielten wir noch ein Pionierabzeichen. Schüler, die unserem Pionierverband nicht angehören durften, sahen wir mit Skepsis an. Sie taten uns leid. Wir gaben uns in unserer Klasse den Namen „Spartakus". Auf Ausflügen trugen wir stolz an einer langen Stange den blauen Wimpel mit dem aufgestickten Namen vor uns her.

Unser Lehrer sang viel mit uns. Er hatte eine wunderschöne Stimme. Wir lernten alte Wander- und Volkslieder, wir sangen im Kanon, und nun lernten wir die „Internationale" und andere politische Lieder. Wir übten sie im Klassenraum und sangen sie, wenn wir zur Agitation auf offenen Lastwagen standen und langsam durch die Straßen gefahren wurden. Sprechchöre und Lieder wechselten sich ab. Ich war davon überzeugt, dass alle Menschen am Straßenrand unsere Botschaften richtig und gut fanden. Ich war politisch geworden und wollte helfen, unseren Teil von Deutschland mit aufzubauen. Ein Lied, das wir oft sangen, fing so an: „Baut auf, baut auf, …" Mein Vater war stolz auf mich, meine Mutter war froh darüber, dass ich glücklich war. In die Partei ist niemand aus unserer Familie eingetreten.

Läusedoktor

Überall krabbelten die kleinen Tierchen auf den Köpfen. Alle paar Wochen kam der „Läusedoktor" in unsere Schule und sah nach, welches Kind sie gefangen hatte. Das war peinlich, aber nicht nur das, es erzeugte ein tiefsitzendes Gefühl der Angst. Wurde man als schmutzig, unsauber, abstoßend von den anderen Mitschülern betrachtet, wenn die Nissen in den Haaren entdeckt wurden?

Ich zitterte jedes Mal, wenn ich nach vorne kommen musste und das weiße Tuch um die Schultern gehängt bekam. Wir Mädchen mussten unsere Zöpfe aufflechten, dann ging es los. Zuerst untersuchte der Läusedoktor die Nackenhaare, dann bog er die Ohrmuschel auf der einen Seite vom Kopf ab, zerteilte die Haare, sah Strähne für Strähne nach und wandte sich anschließend der anderen Kopfseite zu. Bei den übrigen Haarpartien nahm sich der gefürchtete Mann hinter unserem Stuhl nicht so viel Zeit, es ging schnell. Jedes Kind wartete auf die erlösenden Worte „In Ordnung". Bei jeder Untersuchung wurden durchschnittlich zehn Kinder zur Entlausung auf den Valoner Berg in der Nähe des Magdeburger Doms geschickt.

Der Valoner Berg war für uns eine Schreckensadresse. Ihr haftete die Erniedrigung an. Bei mir fand man nie Läuse, und dabei hatte ich doch welche.

Ein gewaltiger Schrecken durchfuhr meinen ganzen Körper, als ich plötzlich ein festes rundes Klümpchen zwischen meinem Daumen und meinem Zeigefinger spürte. Ich sah dieses Etwas nicht an, ich wusste, es ist eine Laus. Ich hielt meine Finger fest geschlossen und verbarg meine Hand unter dem Tisch. Meine Mitschülerinnen sollten es nicht merken. Wir saßen als Lerngruppe zusammen in dem Wohnzimmer des einen Mädchens und schrieben einen Gemeinschaftsaufsatz. Das war eine moder-

89

ne pädagogische Neuerung, die unser Lehrer eingeführt hatte. Ich hielt die Laus fest, ich war wie gelähmt und konnte mich überhaupt nicht mehr auf den Aufsatz konzentrieren. Ich hatte die Laus in meinen Stirnhaaren gefühlt und aus ihnen herausgezogen. Krabbelten dort noch mehr? Wenn sie jemand entdecken würde, wie schrecklich! Ich verabschiedete mich unter dem Vorwand, mir sei schlecht. Mir war wirklich schlecht. Ich packte schnell meine Sachen ein, die Laus hatte ich immer noch fest zwischen den Fingern. Draußen auf der Straße guckte ich sie mir an. Es war eine dicke, fette Laus. Ihre Größe wusste ich aber erst später zu beurteilen, als ich tagtäglich zehn, zwanzig von ihnen zerdrückte und ihre Nissen aus meinen Haaren zog. Auf der Straße wurde erzählt, Läuse würden in 24 Stunden Großmütter werden. Ich hatte viele Großmütter auf dem Kopf. Meist lagen sie platt auf der Kopfhaut, seltener krabbelten sie in den Haaren herum. Ich war sehr fleißig im Läusesuchen und stand jeden Tag mehrere Stunden vor dem großen Frisierspiegel im Schlafzimmer meiner Eltern und zog Scheitel um Scheitel. Die Nissen wurden immer weniger, ich fand sie selbst kaum noch. Es reifte nur ab und zu eine heran und niemand außerhalb der Familie entdeckte bei mir Läuse.

Auf dem Kopf meiner Mutter fand ich ein paar der verhassten Krabbeltiere und eine geringe Anzahl Nissen. Es hat nicht lange gedauert, bis ihr Haar wieder frei von den Parasiten war. Bei mir ging es nicht so schnell, ich brauchte einige Monate. Meine Mutter konnte mir nicht gut helfen, ihre Augen waren zu schwach.

Als ich den Kampf gegen das Ungeziefer gewonnen hatte, packte mich wieder Ekel und Entsetzen. Meine Freundin Ingrid hatte zu mir gesagte: „Komm, ich zeig dir was. So viele Läuse hast du noch nicht auf einem Haufen gesehen." Sie führte mich in den Stall zu ihrer weißen Ziege. Die war über und über voll mit dem scheußlichen Ungeziefer. Jetzt wusste ich, woher ich die Läuse hatte. Ingrid war schon mehrfach auf dem Valoner Berg gewesen und hatte immer wieder erneut Läuse bekommen. Ich war so wütend auf sie und brauchte ein Ventil, ich nannte sie von dem Moment an nicht mehr Ingrid, sondern sagte nur noch „Zicke" zu ihr. Ich wusste, dass das gemein war. Dieser Spitzname war bald in der ganzen Straße und in der Schule bekannt, sie wurde von uns Kindern nie mehr mit ihrem richtigen Namen gerufen. Er wurde so selbstverständlich, dass manchmal auch Lehrern diese Anrede herausrutschte.

Ich erzählte keinem Kind in unserem Umfeld von den Läusen auf der Ziege. Allerdings ging ich erst wieder in die Wohnung und in den Stall, als die Ziege geschlachtet worden war. Die Mutter meiner Freundin hatte sich als „Selbstversorger" bei der Ausgabestelle für Lebensmittelmarken gemeldet und bekam keine Fleischzuteilung mehr. Ihr erschien die Selbstversorgung mit Ziegenmilch und ab und zu dem Fleisch einer geschlachteten Ziege als vorteilhafter. Es stand eine neue Ziege im gesäuberten Stall ohne Läuse auf dem weißen Fell.

Verkleidungen

Wenn ich nicht für die Schule lernte, mit Pionieraufträgen beschäftigt war oder für Nahrung sorgen musste, war ich ein richtiges Spielkind. Spielzeug konnte man natürlich nicht kaufen, das brauchten wir auch nicht unbedingt. Wir Kinder hatten viel Phantasie.

Meine Freundin Uta und ich hatten einen Heidenspaß am Verkleiden. Meine Mutter hatte einige Ballkleider aus den zwanziger Jahren aufgehoben, sie waren sehr schick. Zum Glück für uns war der Stoff mürbe, so dass man nichts Neues aus ihnen nähen konnte. Wir verwandelten uns in „feine Damen" und stolzierten in den Seidenkleidern oder welchen aus Spitzenstoff über die Straße. Weil wir keine Schuhe hatten, gingen wir auf unseren nackten Zehenspitzen und imitierten so hochhackige Schuhe. Manchmal banden wir uns auch Stoffschleifen um die mittleren Zehen, dann hatten wir in unserer Einbildung die schicksten Ballschuhe an. An Kopfschmuck mangelte es auch nicht, den bastelten wir uns selbst zurecht. Wir müssen sehr originell ausgesehen haben, denn alle Erwachsen schenkten uns Aufmerksamkeit und ein Lächeln. Wir waren sehr stolz auf uns und fühlten uns wirklich erwachsen.

Dieses Verkleidungsspiel machte uns lange Zeit Spaß, bis Uta auf eine Idee kam. Sie war die feine Dame und ich ihr Hund. Ich durfte kein schickes Kleid anziehen, sondern bekam ein Halsband mit einer Hundeleine dran um den Hals gebunden. Die feine Dame führte mich Gassi. Ich musste auf allen Vieren laufen, Gartenweg runter, Gartenweg hoch. Ich hatte mich geweigert, auf der Straße ein Hund zu sein. Die Gartenwege hinter dem Haus waren schätzungsweise dreißig Meter lang. Meine Beine wurden lahm. Das jedoch war nicht das Schlimmste, ich fühlte mich gedemütigt. Die feine Dame durfte ich nie sein. Ich wollte Uta nicht mehr als meine Freundin haben. Unsere Trennung dauerte anderthalb Jahre, für ein Kind eine sehr lange Zeit und ich habe sehr darunter gelitten, sie auch.

Vorbei war es mit dem Kartenspiel, vorbei mit so vielem. Erst jetzt wusste ich, was mir das alles bedeutet hatte. Utas Vater war ganz anders als meiner, er war Kindern zugewandt. Wenn er abends nach Hause gekommen war und die Familie zusammen saß, durfte ich zu ihnen in die Wohnung kommen. Utas Eltern, der größere Bruder, manchmal war auch ein gemeinsamer Spielfreund dabei, und ich, wir alle saßen zusammen um den Wohnzimmertisch und spielten „Schummeln". Man brauchte dazu drei Kartenspiele. Jeder bekam fünf Karten, die anderen lagen auf einen Stapel geschichtet in der Mitte des Tisches. Das Spiel fing mit der untersten Karte an, man legte sie verdeckt hin und sagte, welche es sei. So ging es weiter bis zum Ass. Man nahm eine neue Karte vom Stapel und musste nun ständig aufpassen, ob das Angesagte stimmen konnte, glaubte man es nicht, sagte man „Schummel" und schlug mit der Hand auf den Kartenhaufen. Hatte man sich geirrt und die Karte erwies sich als die richtige, musste man mit dem ganzen Haufen Karten weiterspielen. Unsere Hände konnten den Fächer kaum halten, unsere Ohren glühten vor Spannung.

Wenn dann das Spiel nach etwa einer Stunde zu Ende war, musste ich nach Hause gehen. Der Weg war für mich immer eine Mutprobe. Wir wohnten nur sechs Hauseingänge entfernt, aber die Straße war stockdunkel. Es gab seit Kriegsende keine Straßenbeleuchtung mehr. Die Leitungen waren zerstört worden. Nur nach und nach wurden in den großen Straßen wieder Leitungen gelegt und neue Lampen gesetzt, Gaslaternen gab es überhaupt nicht mehr. In den Wohngebieten herrschte Dunkelheit. Ich hatte vor der Dunkelheit eine panische Angst. Utas Vater tröstete mich und meinte, ich sei jetzt groß genug, um zu wissen, dass mir nichts auf dem kurzen Stück Weg passieren könne. Es nützte nichts. Am Anfang brachte er mich nach Hause, dann blieb er nur in der Tür stehen. Wenn ich vor unserem Haus angekommen war, rief ich ihm zu, dass ich angekommen sei. Ich rief aber erst, wenn meine Mutter öffnete. Diese Angst vor der Dunkelheit hatte ich schon als kleines Kind und habe sie lange nicht verloren. Solche Angst ist so stark, dass man körperliche Schmerzen empfindet, jedenfalls erging es mir so.

Auch Utas Bruder und seine Tricks fehlten mir. Er war etwa drei Jahre älter als ich und konnte so vieles. Im Winter hatte er im Garten ein Iglu gebaut. Es hielt mehrere Wochen. Wenn er uns Mädchen gegenüber gnädig gestimmt war, durften wir auf der Eisbank platznehmen. Wir spielten dann Eskimos. Er hatte auch ein Rohr zum Gucken gebaut, wie es in den Unterseebooten benutzt wurde. Damit beobachtete er die Straße, ohne dass man ihn sehen konnte. Er lag auf dem Boden und guckte durch ein Loch. In dem Rohr waren Spiegel. Ab und zu durften Uta und ich auch hindurchsehen. Ich bewunderte Utas Bruder. Er wusste auch, wo man etwas besorgen konnte, er war ein „Hans Dampf in allen Gassen". Er verriet uns nie, wohl auch seinen Eltern nicht, wie und wo er einen Gegenstand ergattert hatte.

Uta zog sich vollkommen zurück. Sie nahm nicht mehr an den Spielen auf der Straße teil. Wenn wir abends in den Vorgärten hinter den Hecken, den Büschen und in den Hauseingängen Verstecken spielten, war sie nicht mehr dabei. Die anderen Kinder klingelten an ihrer Tür, sie kam nicht. Jedes Mal hatte ich gehofft, sie würde wieder mitspielen. Es drückte mich sehr. Auch auf dem Schulhof hielt sie sich von uns allen fern. Ich verstand es nicht. Nie mehr habe ich mich verkleidet.
Als wir uns spontan wieder versöhnten, waren wir für die Straßenspiele schon zu groß. Die schöne Zeit war vorbei.

Erst als ich erwachsen war, dachte ich darüber nach, wieso Utas Vater im Krieg nicht an der Front gewesen war. Er ging morgens zur Arbeit, kam am Abend nach Hause. Er kümmerte sich um den Garten, schnitt Bäume oder veredelte sie, spielte mit uns Kindern und wusste viele Geschichten zu erzählen. Er hatte auch eine Menge Bücher im Schrank. Was war er für ein Mann? Gesund ist er gewesen, sonst hätte er nicht auf Bäume klettern können. Lieb war er. Doch wieso ist er von der Wehrpflicht verschont geblieben. Womit hat er im Krieg sein Geld verdient? Ein Parteiabzeichen hat er nicht getragen. Alles Fragen, die ich mir als Kind nicht gestellt habe. Von den Erwachsenen habe ich im Krieg auch keine Tuschelei über diesen Mann gehört. Ihnen muss doch auch aufgefallen sein, dass er im wehrpflichtigen Alter zu Hause war.

Mir ist bis heute ein grauenvoller Verdacht bei diesem Gedankengang geblieben. Ich kann niemanden mehr fragen.

Typhus

Meine Schwester hatte die Kinder nicht zu uns gebracht. Das kam manchmal vor, dass sie nicht zur Arbeit ging, weil sie oder eins der Kinder krank waren. Am nächsten Tag kam sie auch nicht. Meine Mutter schickte mich zu ihr. Sie wohnte jetzt nicht mehr weit von uns, durch einen fünffachen Ringtausch von Wohnungen hatte sie es geschafft, auch in die Gartenstadt Reform zu ziehen. Ich fand sie im Bett liegend vor, sie war entsetzlich schwach. Ihre beiden kleinen Kinder saßen auf ihrem Bett. Alle drei waren vollkommen hilflos.

Ich rannte nach Hause, um meine Eltern zu holen.

Mein Vater sah meine Schwester an und sagte sofort: „Typhus." Die Symptome dieser Krankheit kannte er. Im ersten Weltkrieg war er Sanitäter gewesen, erst in Frankreich, dann in Russland. „Wir bringen sie sofort ins Krankenhaus", entschied er. Ich blieb bei den Kindern, meine Mutter und mein Vater brachten meine Schwester in die Poliklinik in der Leipziger Chaussee. Wir fuhren sie im Handwagen hin. Zum Laufen war sie zu schwach, Krankenwagen gab es in dieser Zeit nicht.

Die Untersuchung ergab, es war nicht Typhus, sondern Para-typhus. Diese Infektion war nicht ganz so lebensgefährlich wie der echte Typhus. Trotzdem lag meine Schwester sehr lange Zeit auf der Isolierstation des Krankenhauses, ihre Haare wurden dünn und veränderten ihre Struktur. Meine Schwester hatte vorher dickes, glänzendes, gewelltes Haar, nach der Krankheit war es dünn, spröde, stumpf und glatt. Sie war sehr traurig darüber. Niemand von uns hat sich angesteckt, auch keins ihrer Kinder, obwohl sie fast zwei Tage ohne Essen und Trinken im Nacht-hemd auf dem Bett ihrer fiebernden Mutter gesessen hatten.

Ein Brief

Wir erhielten einen Brief. Meine Mutter drehte den Umschlag fragend in der Hand und las den Absender. Er kam von der Insel Sylt. Dort hatten wir niemanden wohnen. Seltsam, wer schrieb uns? Es war Tante Anna, die Schwester meiner Großmutter mütterlicherseits. Meine Mutter fing an zu weinen. Es waren Freudentränen. Tante Anna lebte!

Ich hatte Tante Anna und deren Schwester Ida kennengelernt. Meine Mutter und ich hatten sie, als ich fünf Jahre alt war, in Schiefelbein, einer Kleinstadt in Pommern, besucht. Es waren liebe alte Frauen. Sie wohnten jetzt in der Stadt. Früher, so hatte meine Mutter mir erzählt, spielte sich ihr Leben außerhalb der Stadt in einer Ziegelei ab. Tante Anna und ihr Mann Karl hatten hintereinander zwei Ziegeleien besessen, die alte Ziegelei war die bessere. Sie hatte in einer romantischeren Landschaft gelegen als die neue. Dort war aber die Tonerde zur Neige gegangen und sie mussten in einer anderen Gegend neues Land kaufen und eine neue Fabrik aufbauen.

Meine Mutter hatte nach ihrer Schulentlassung ein Jahr lang in der neuen Ziegelei gelebt. Ihre Tante hatte gehofft, sie in Schiefelbein mit einem reichen Bauerssohn oder gar einem Gutsbesitzer zu verheiraten. Von diesen Träumen hielt meine Mutter nichts, sie war ein Großstadtmensch und betrachtete diesen Aufenthalt dort von vornherein als langen Urlaub. Sie hatte ihr Leben lang in diesen Erinnerungen geschwelgt und mir sehr viel davon erzählt.

In diesem Brief schrieb meine Großtante von der Flucht vor den Russen. Tante Ida sei dabei verlorengegangen. Ob sie noch lebe, wisse sie nicht. Deren Sohn Werner hätte sich in einer Scheune erhängt, die entfernteren Verwandten, es waren Großbauern, wollten ihren Hof nicht verlassen, sie seien erschossen worden. Das hätte sie aber nur von ehemaligen Nachbarn gehört, ob es stimme, wisse sie nicht genau. Die einzige Cousine meiner Mutter wollte nicht fliehen. Sie sei dortgeblieben. Wie es ihr ginge, wüsste sie nicht. Sie selbst lebe jetzt in einem Altenheim auf Sylt. Das Meer habe sie nicht gesehen, werde es auch nie mehr anschauen können. Sie sei an das Bett gefesselt.

Über das, was sie auf der Flucht erlebt hatte und wie lange sie unterwegs gewesen sei, schrieb sie nichts. Kurz nach Eintreffen ihres Briefes ist Tante Anna gestorben. Der Brief meiner Mutter an sie wurde von der Heimleitung zurückgeschickt.

Jahre später erhielt meine Mutter einen Brief von ihrer Cousine, die in Schiefelbein geblieben war. Sie lebe jetzt in sehr ärmlichen Verhältnissen unter den Polen. Ihren Bauernhof habe man ihr weggenommen.
Als die Russen kamen, sei sie jeden Abend von sechs, manchmal auch noch mehr Soldaten vergewaltigt worden. Sie sei doch

schon 60 Jahre alt gewesen. Ihr Alter habe sie nicht geschützt. Sie warte jetzt nur noch auf den Tod. Diese Cousine war die einzige Überlebende unserer Verwandtschaft im ehemaligen Pommern.

Nürnberger Prozess

Ich wollte nicht, dass jemand getötet wurde. Der Krieg war vorbei, es sollte niemand mehr sterben. Ich war sehr traurig. Jeden Tag las ich die Zeitung, ich las die Berichte über den Prozess, immer und immer wieder, befragte meinen Vater, wenn ich etwas nicht richtig verstand. Ich fand alles grausam. Als der Tag der Hinrichtung kam, wollte ich nicht spielen. „Warum tun Menschen das?" fragte ich meine Eltern. Sie sagten, ich wisse doch, was Hitler und seine Helfer angerichtet hätten, wie grausam sie so unendlich viele unschuldige Menschen getötet hätten. Ich wollte trotzdem keine Hinrichtungen, eine Gänsehaut lief mir über den Rücken.

Tanzen

Meine Mutter konnte so vieles und alles so gut, das wusste ich schon als Kind. Sie konnte nähen, sticken, kochen, spannende Geschichten erzählen und sie war immer lustig. Sie hatte eine herrliche Stimme und sang ganz viele Lieder aus Filmen, Operetten, sie sang die Schlager aus ihrer Jugend und wunderschöne Volkslieder. Ich bewunderte meine Mutter. Mitten in der Arbeit schob sie oft den Küchentisch zur Seite, schnappte mich und tanzte mit mir einen Walzer oder eine Polka. Musik hatten wir nicht. Für unser Grammophon gab es nur noch eine Nadel und die musste für Weihnachten geschont werden. Unser Radio stand immer noch kaputt auf dem Schränkchen und gab keinen Laut von sich. Musik wurde wahrscheinlich überhaupt nicht gesendet, da war es egal. Meine Mutter sang die Schlager lauthals beim Tanzen. Wir wirbelten in der Küche herum, es war herrlich. Wenn meine Tante, die Schwester meiner Mutter, zu uns zu Besuch kam, warf sie meiner Mutter immer vor, dass sie so gute Laune in einer so schlechten Zeit hätte. Ich wollte meiner Tante zeigen, wie gut ich das Tanzen gelernt hatte. Sie war empört und ich ärgerte mich. Sie ging mir sowieso auf die Nerven. Jeder dritte Satz bei ihr hieß: „Ist alles nicht so einfach."

Meine Mutter sagte ihr sehr oft, wie viel Glück wir im Vergleich zu anderen Menschen gehabt hätten, wir seien gesund und hätten uns. Bis auf ihren Schwiegersohn seien wir doch alle zusammen. Es war zwecklos. Meine Tante war in ihrer Jugend und noch im Krieg eine sehr elegante Frau gewesen. Sie hatte auf Kinder verzichtet. Mein Onkel war bis zu seinem Tod Geschäftsführer eines großen Gesellschaftshauses gewesen. Sie hatte ihn in seinem Beruf unterstützt, ihr Leben fand in Ballsälen statt. Im Dritten Reich arbeitete sie auf verschiedenen Ämtern, an Sonntagen holte sie mich des Öfteren zu ihrer Ablenkung zu sich in die Wohnung. Sie konnte nicht kochen und ging mit mir zu EPA, einem Billigkaufhaus, und bestellte Suppe, die es ohne Marken gab. Meinen Teller stellte sie auf die Taschenablage eines runden Stehtisches. Davon durfte ich meiner Mutter nichts erzählen.

Mit meiner Tante ging es Berg ab. Sie pflegte ihre Kleidung nicht mehr, ihre Haare sahen unfrisiert aus und sie jammerte nur. „Du bist auch nicht ausgebombt worden", warf sie meiner Mutter vor. „Dafür bin ich auch sehr dankbar. Du wohnst doch auch wieder gut, sei doch froh, dass du deinen Jugendfreund wiedergetroffen

hast und er dir ein Zuhause gegeben hat." Es nützte nichts. Meine
Tante war seelisch zerbrochen. Ihre Kraft kam nie wieder zurück.

So ging es nicht nur meiner Tante. Viele Menschen hatten jegliche Hoffnung verloren, eine Reihe von ihnen nahm sich sogar
das Leben. Im Schwimmbecken im Fort fanden wir früh morgens
einen toten Mann im Wasser. Das Gesicht war blaurot ange-
laufen. Oben auf der Liegewiese stand sein Fahrrad. Die Oberbe-
kleidung hatte der Mann fein säuberlich zusammengefaltet und
über die Lenkstange gelegt. Seine schwarzen Schuhe standen auf
einem Brief. Sie waren blitzblank geputzt und in jedem steckte
ein Strumpf. Wie uns ein herbeigeholter Erwachsener sagte,
steckte in dem Umschlag ein Abschiedsbrief. Am Nachmittag
schwammen wir Kinder wieder im Wasser.

Verhaftungen

In meine Klasse ging der Sohn vom Besitzer des Milchladens. Er
wohnte an der Endhaltestelle der Linie 3. Seine Eltern hatten nur
diesen einen Jungen und verhätschelten ihn. Wir mochten ihn
nicht so sehr und nannten ihn heimlich „Memme". Er war uns zu
verweichlicht und wir wussten, dass er niemals arbeiten musste.
Darum passte er nicht so recht zu uns. Doch dann geschah etwas,
und er tat uns so leid, dass jetzt wir ihn umsorgten. Seine Mutter
war verhaftet worden. Ihr wurde vorgeworfen, sie habe die Kunden betrogen, indem sie ihre Waage manipuliert hätte. Es gab in
dem Geschäft nicht nur Milch zu kaufen, sondern alle Lebensmittel. Bis zum Ende des Krieges war es ein typisches Milchge-
schäft gewesen, es gab dort nur Milch, Butter, Eier und Käse,
danach war dieses Geschäft ein allgemeines Lebensmittelgeschäft
geworden. Verpackungsmaterial gab es nicht, keine Ware war

eingepackt, alles war lose und musste abgewogen werden. Jeder Kunde brachte Schüsseln mit.

In anderen Geschäften wurde zuerst das Gewicht des Gefäßes gewogen, dann die Marmelade, die Butter, die Margarine, also das, was gerade in einer Dekade aufgerufen worden war, in den Behälter gegeben. Die Bekanntmachung der Zuteilung stand immer vorher in der Zeitung. Die Milchfrau, so hieß es, wog nicht die Gefäße ab, sondern soll immer beim Abwiegen von Butter, Margarine oder Schmalz heimlich ein Stückchen Speck unter die Waage geklebt haben, damit sie zum Ende der Dekade vom Fett ein paar Pfund für sich übrig behielt. Das Fett hätte sie immer auf einem Stück Pergamentpapier abgewogen und es anschließend in das Gefäß des Kunden gestrichen. Bei Marmelade zum Beispiel oder Mehl ging das nicht, bei diesen Lebensmitteln musste sie die mitgebrachte Schüssel auf der Waage stehenlassen und das Gewicht des Lebensmittels dem des Gefäßes dazurechnen.

Irgend jemandem war die unterschiedliche Vorgehensweise beim Wiegen aufgefallen und er hat die Frau angezeigt. Sie war über ein Jahr in einem Gefängnis.

In unserer Siedlung erzählte man sich, in dem einen Keller unter dem Haus hätte die Milchfrau Lebensmittel gehortet und nur deshalb sei sie verhaftet worden. Das konnte nicht stimmen. Das Stückchen Speck trauten wir ihr zu.

Noch ein Junge war in unserer Klasse, dessen Vater man verhaftet hatte. Er war Direktor der Schokoladenfabrik in Magdeburg/Rothensee gewesen. Die Fabrik stellte Schokolade und Zuckerwerk ausschließlich für die russische Besatzungsmacht her. Unsere Klasse konnte einmal die Produktionshallen besichtigen. Das war für uns Kinder eine Qual! Wir sahen die Schokolade, wir rochen sie, wir bekamen nicht eine einzige Praline geschenkt. Am Schluss der Besichtigung drückte man jedem Kind ein Tütchen in die Hand. Wir hofften auf Schoko-lade. Es waren nur ein paar kleine Zuckereier darin.

Dem Direktor wurde Sabotage unterstellt. Er blieb viele Jahre verschwunden. Auch dieser Mitschüler tat uns sehr, sehr leid. Ihm ging es sowieso äußerst schlecht. Die rechte Gesichts- und Körperseite war verbrannt worden. Der eine Arm war mit dickem Mull umwickelt und hing in einer Schlinge. Die Brandwunden heilten nicht. Das Gesicht war mit wulstigen Narben überzogen und auf dem Kopf hatte er stellenweise keine Haare mehr. Er trug ständig ein Käppchen. Wie sein Körper aussah, wusste niemand von uns. Der Junge konnte sich schlecht bewegen und war vom Sportunterricht befreit. Seine Verletzungen hatte er bekommen, als er in ein Militärfahrzeug zum Spielen geklettert war und es plötzlich in die Luft flog. Und jetzt hatte er keinen Vater mehr. Seine Familie wusste auch nicht, wo man den Mann hingebracht hatte, vermutlich nach Sibirien.

Mehrere Jahre nach Kriegsende hörten wir überall von Verhaf-tungen, es wurde immer schlimmer. Unser Bäcker, bei dem wir eingetragen waren, verschwand ebenfalls für etwa zwei Jahre im Gefängnis. Es hatten bei der Kontrolle mehrere Säcke Mehl ge-fehlt. Wie schnell konnte es passieren, dass Brot im Ofen ver-brannte. Die Mehlzuteilung stimmte nicht mit der Anzahl der verkauften Brote überein.
Als der Bäcker aus dem Gefängnis wieder entlassen wurde, wa-ren seine Haare schlohweiß geworden. Zum Glück hatte man ihm die Bäckerei nicht weggenommen.

Das erste Schulfest

Was ein Schulfest ist, konnte ich mir gar nicht vorstellen. Ich hatte noch keines erlebt. Das Fest sollte in der Waldschule im Fort stattfinden. Alle Schüler der Rosa-Luxemburg-Schule würden daran teilnehmen und alle Eltern auch.
Unsere Klasse war eine der drei der sechsten Jahrgangsstufe. Wir Schüler, vor allem die, die schon Pioniere waren, sollten es vorbereiten. Wie bereitet man etwas vor, das man nicht kennt? Unser Lehrer sagte es uns. Spiele sollten veranstaltet und Volkstänze vorgeführt werden. Ein kleiner Chor wurde zusammengestellt, er würde Lieder vorsingen.

In unserer Klasse kam jemand auf die Idee, wir könnten eine Losbude aufbauen und Geld verdienen, Geld für eine ersehnte Klassenfahrt. Eine Klassenfahrt hatte ich auch noch nie erlebt. Wir Schüler waren mit der Idee „Losbude" einverstanden. Es gab aber nichts, was man als Gewinne in die Bude hätte stellen konnte. Hunger und Armut führten noch das Regiment. Doch nach und nach mehrten sich unsere Einfälle. Arbeitsgruppen bildeten sich, die neue Gegenstände aus alten herstellten.

Zu Hause hatte ich aus Draht und Flicken Püppchen hergestellt. Ich zeigte sie in der Klasse und schlug vor, mit einigen anderen Kindern solche zu basteln. Die kleinen Puppen fanden begeisterten Zuspruch. Nur, wo sollten wie sie bauen? In welchem Raum? In unserem Schulgebäude fand Schichtunterricht statt, alle Räume waren ständig belegt. In den wenigen Nebenräumen arbeiteten schon die anderen Gruppen.

Im zerstörten Zentrum von Magdeburg gab es in der Nähe des Domes noch einige Villen, die stehengeblieben waren. Man hatte die Schäden an ihnen repariert, sie hatten Fensterscheiben. In einer solchen Villa bekam unsere Bastelgruppe einen Raum, den wir nutzen konnten. Ich kann es heute noch nicht fassen, wir acht Mädchen waren immer vollkommen allein in dieser Villa. Sie war auch nicht abgeschlossen. Ich habe dort nie einen Erwachsenen gesehen. Man hatte großes Vertrauen zu uns Kindern, aber auch niemand hatte um uns Angst.

Bis zum Fest waren es noch einige Monate Zeit. Viele Tage haben wir Püppchen hergestellt, hauptsächlich eine Art Zirkusclown. In unserer Losbude hingen davon an die hundert. Sie waren sehr schön geworden und wurden von vielen begehrt.

Doch der Hauptgewinn war ein Kaninchen, ein Belgischer Riese. Mein Vater hatte es uns spendiert. Ich hängte ein Schild an den kleinen Käfig, auf dem stand: „Mutsche, nur zur Zucht bestimmt und nicht zum Schlachten." Dieser Preis war mir gar nicht lieb. Ich hatte das Kaninchen gefüttert, ich hatte ihm das Futter gesucht, dass mein Vater es auch geschlachtet hätte, hatte ich verdrängt. Meinen Mitschülern habe ich nichts von meinem Kummer gesagt, unsere Losbude sollte ein Erfolg werden. Wir haben so viel Geld eingenommen, dass wir einen beträchtlichen Zuschuss für unsere Klassenfahrt nach Trassenheide an der Ostsee in unserer Kasse hatten.

Väterchen Stalin

Vor den Russen hatte ich keine Angst mehr. Sie waren unsere Freunde, ihr Land war unser Vorbild. So lernten wir es in der Schule und bei den Pionieren. Der Pionierverband und die Schule waren eins geworden. Nicht alle Lehrer machten mit. Das merkte

ich und ich kreidete ihnen das an. Mehrere Artikel habe ich für unsere Wandzeitung geschrieben und diese alten Lehrer angegriffen. Sie gehörten nicht zu uns. Ein neuer Geist bestimmte unser Denken und unsere Gefühle. Wir blickten nach vorn. Ich war unheimlich stolz, ein Junger Pionier zu sein.
Auf einer Kundgebung durfte ich vor ganz vielen Menschen die Umbenennung der Straße, die in den Stadtteil Buckau führte, bekanntgeben und den neuen Namen nennen. Sie hieß ab sofort „Straße der deutsch-sowjetischen Freundschaft". Ich war so aufgeregt und so stolz. Dieser Straßenname war entsetzlich, das merkte ich aber erst später.

Schräg gegenüber von unserem Schulgebäude lag das Suden-burger Krankenhaus. Ein Teil dieses Geländes hatte die russische Armee besetzt. Vor dem ehemaligen Seitentor war ein typisch russischer Eingang aus Holz gezimmert worden. Oben drauf prangte der rote Stern, links und rechts standen die russischen Posten mit aufgepflanztem Gewehr. Jeden Tag auf dem Schulweg schielte ich zu ihnen hinüber. Ich schwelgte in Gefühlen für die Sowjetunion, für den so gütig aussehenden Stalin, für die Pionie-re mit dem roten Halstuch. Doch wenn ich die russischen Posten sah, kam immer wieder die Erinnerung an die Flucht vor den Ver-gewaltigern beim Kaninchenfuttersuchen hoch. Die Angst saß tief in mir. Ich wollte diese Gedanken nicht, sie störten.

Und noch etwas belastete mich sehr. Ich war im Fach Russisch sehr schlecht. In allen anderen Fächern hatte ich keinerlei Probleme, alles fiel mir leicht. Aber in Russisch hatte ich den Anschluss verpasst. An dem Tag, als uns in der Schule gesagt wurde, dass wir jetzt die russische Sprache erlernen würden, kam ich beglückt nach Hause und erzählte meiner Mutter davon. „Kommt nicht in Frage, diese Sprache sollst du nicht erlernen!"

platzte meine Mutter entsetzt heraus. Ich nahm nur mit mäßigem Interesse am Unterricht teil. Bald bereute ich es. Auch meine Mutter musste diese emotionale Fehlentscheidung später bitter büßen. Sehr viele Stunden hat sie mit mir Vokabeln pauken müssen. Ich hatte sie nach der Lautsprache in lateinischer Schrift und deren deutsche Bedeutung dahinter aufgeschrieben, damit ein Abfragen überhaupt möglich war.

Etwa ein Jahr später bereute ich meine schlechten Kenntnisse der russischen Sprache nicht nur der Zeugnisnote wegen. Das Feindbild „Russe" war aus meinem Kopf verschwunden. Wie gerne hätte ich mich in ihrer Sprache unterhalten.

Ich wollte an Stalin einen Brief schreiben, um die deutsch-sowjetische Freundschaft noch intensiver zu gestalten. Ich wollte, dass ein Austausch von russischen und deutschen Pionieren stattfinden sollte. Da ich aber nicht recht wusste, an wen ich mich wenden müsste und ich mich auch nicht auf Russisch durchfragen konnte, sollte mein Klassenlehrer mir helfen. Er sollte mit mir auf die russische Kommandantur gehen und alles in die Wege leiten. Er lehnte ab. Ich war enttäuscht. Warum wollte er mir nicht helfen, fragte ich mich. Schämte er sich, dass er die Sprache unserer Freunde nicht beherrschte? Vielleicht. Später erst begriff ich, dass er um die politische Situation sehr gut Bescheid wusste, darüber aber uns Schülern nichts sagen konnte oder auch wollte. Er war ein überzeugter Kommunist und vielleicht von der Realität enttäuscht.

In einem weiteren Punkt hatte ich mir selbst damit geschadet, dass ich bisher immer schlechte Noten in Russisch geschrieben hatte. Ich durfte nicht am Englischunterricht teilnehmen. Es gab kaum noch Lehrer, die die englische Sprache unterrichten konnten. An unserer Schule hatten wir einen alten Lehrer, der war dazu fähig und auch bereit. Im regulären Stundenplan durfte er die Sprache der Feinde nicht lehren, aber im Anschluss an den Unterricht. Ich meldete mich bei ihm an. Er nahm mich auf. Es kam aber nicht dazu. An dem Tag, an dem die erste Stunde in Englisch gehalten werden sollte, teilte mein Klassenlehrer mir mit, dass ich erst einmal meine Leistungen in der russischen Sprache verbessern müsste, dann könnte man entscheiden, ob ich eine zweite Sprache erlernen dürfe. Ich war tief enttäuscht und ärgerte mich über mich selbst. Wie konnte ich so dumm gewesen sein! Ich paukte russische Vokabeln, lernte die Konjugation und die Deklination, ich verbesserte meine Note.

Ich konnte trotzdem kein Englisch lernen. Diese Sprache wurde von Staatswegen als feindliche Sprache erklärt und an den Schulen verboten. Der alte Lehrer wurde vorzeitig entlassen. Er weinte, als er sich stumm von uns Kindern verabschiedete.

Rütteln an meinem Weltbild

Jeden Tag überlegte ich, wie ich noch stärker am Aufbau unseres sozialistischen Landes teilhaben könnte. In mir lebte eine Begeisterung für den Pionierverband, für die Schule und eigentlich für alles. Ich war glücklich. Mein Lehrer nahm mich mit zu Veranstaltungen, nicht nur in Magdeburg, sondern auch in Leipzig und an anderen Orten. Er verschaffte mir die Möglichkeit, zu einem Treffen der Jugend nach Berlin zu reisen. Von diesen Veranstaltungen und meinen Aktivitäten erzählte ich meinen Freundinnen und Freunden. Ich nahm nicht wahr, was sie von mir dachten. Es war für mich selbstverständlich, dass sie meiner Meinung waren. Erst als ich in der Jugendspalte der „Volksstimme" Artikel veröffentlichte, bekam ich den Spitznamen „Rosa Luxemburg". Das irritierte mich. Mein Vater war sehr stolz, wenn wieder von mir ein Artikel in der Zeitung erschienen war. Sein Bruder in Stendal beschimpfte ihn deshalb, wie konnte er auf so eine Tochter stolz sein!

Von all den Existenzschwierigkeiten in unserem Land nahm ich kaum noch etwas wahr. Ich hatte mich an den Mangel gewöhnt. Es war doch schon viel besser geworden. Eine Bäckerei in Sudenburg verkaufte gegen Lebensmittelmarken und einen Preis von fünfzehn Mark Zuckergusstorten. Ab und zu leisteten wir uns diesen Luxus. Kaufte man eine Torte, bekam man einen runden Karton zum Transport geliehen. Einmal rutschte er mir in unserer Straße aus den Händen und die Torte rollte über das hucklige Pflaster. Steinchen bohrten sich in den Guss, die Torte blieb heil. Sie war sehr hart und sie schmeckte trotzdem.

Wenn ich zu meiner Mutter sagte, es sei doch schon wie in Friedenszeiten, lächelte sie nur und schüttelte leicht den Kopf. Sie wollte mir mein Glücklichsein nicht zerstören. Auch meinen vielen politischen Aktivitäten stand sie wohlwollend gegenüber, wohl nicht wegen des Inhaltes und deren Ziele, sondern nur mir zuliebe.

Meine Schwester arbeitete hart. Kam sie von der Arbeit in der Betriebsküche müde nach Hause, versorgte sie ihre Kinder, ihre Hühner, die Pflanzen in beiden Gärten, nähte und reparierte. Sie hatte sich als alleinstehende Mutter mit ihrem Schicksal abgefunden. Und trotzdem hoffte sie immer noch, dass ihr Mann zurückkäme. Sie hatte von ihm keine Nachricht erhalten, weder in den letzten Kriegsjahren von der Front, noch nach dem Krieg.

Doch dann erreichte uns ein Lebenszeichen. Ich, das Kind, erhielt eine Postkarte. Sie kam aus Russland und war mit winzigen Buchstaben eng beschrieben. Der Absender war mein Schwager.

Wir konnten es fast nicht glauben. Wir drehten die Postkarte von vorne nach hinten und wieder zurück, versuchten jeden Stempel zu entziffern und lasen den Text immer wieder. Eigentlich waren es nur wenige, nichtssagende Informationen, die er enthielt. Wir weinten alle. Mein Schwager lebt! Das war die Mitteilung. Von einer Entlassung stand nichts auf der Karte. Erneutes Warten und Hoffen lähmten die Kraft meiner Schwester, sie war nicht mehr sie selbst. Es kam kein weiteres Lebenszeichen aus Russland.

Viele Wochen waren vergangen und Hoffnung wagte niemand in unserer Familie mehr zu haben. Und dann doch: Auf der Straße kam eine ausgemergelte Gestalt auf meine Schwester zu. Ihr Mann war wieder zu Hause.
Unsere Familie war glücklich. Niemand von uns hatte im Krieg und in den Wirren danach sein Leben lassen müssen und wir hatten uns auch nicht verloren.

Mein Schwager musste sich in die neuen Lebensumstände einge-wöhnen. Er war durch die fünf Jahre dauernde Gefangenschaft traumatisiert und konnte die Schrecken nicht vergessen. In den ersten Monaten nach seiner Rückkehr nahm er von mir und mei-nen Aktivitäten kaum Notiz. Er hatte andere Probleme.

Als er aber erfuhr, dass ich mich um einen Pionieraustausch mit Russland bemüht hatte, gingen die Diskussionen zwischen ihm und mir los und endeten nach Wochen in einem fürchterlichen Streit.
Ich wollte nicht glauben, was er mir von den Lebensumständen der Bevölkerung in der Sowjetunion erzählt hatte, von den Grau-samkeiten in den Gefangenenlagern und auch in den russischen Kasernen. Ich glaubte fest an den Kommunismus und an Stalin. Mein Schwager und ich wurden uns nicht einig und mieden uns.

Erst als ich im Denken selbständiger und kritischer wurde, fanden wir wieder zusammen.

Jetzt hörte ich zu. So nach und nach schloss sich der Kreis: In meiner frühen Kindheit hatte ich verstanden, dass man nichts Negatives über die sozialen und politischen Verhältnisse sagen durfte. Das Schweigen lernte ich erneut.

Karin Rothe, geb. 1936 in Magdeburg, studierte Lehramt in Erfurt. Nach ihrer Flucht in den Westen Deutschlands arbeitete sie mehrere Jahrzehnte als Haupt- und Realschullehrerin in Frankfurt am Main. Dort entwickelte sie über viele Jahre hinweg eine spezielle Art des Marionettentheaters mit internationalen Schülerinnen und Schülern. Für diese Art des Theaters hat ihre Schule mehrfach Auszeichnungen erhalten.
Heute lebt sie in als freie Schriftstellerin in der Nähe von Hanau. Sie ist Mutter zweier Kinder und dreifache Großmutter.

Herstellung und Verlag:
BoD - Books on Demand, Norderstedt
ISBN 978-3-8423-6082-2